사랑의 학교

에드몬도 데 아미치스 지음

이탈리아의 소설가이자 시인이며, 인기 있는 동화 작가입니다.
모데나 육군사관학교를 나와 이탈리아 독립 전쟁에 참가하였고, 1868년
「군대 생활 La vita militare」을 출판하여 호평을 받았습니다. 「단편 소설집 Novelle」(1872),
「시집 Poesie」(1880) 및 소설, 수필, 여행기 등 다양한 작품을 남겼는데, 대표적인 작품은
한 남학생이 1년 동안의 학교생활을 일기 형식으로 쓴 「사랑의 학교 Cuore」(1886)로서,
오늘날까지 온 세계 어린이들의 사랑을 받고 있습니다.

김원석 엮음

「월간문학」 아동문학 부문 신인상을 받으며 작품 활동을
시작했습니다. 한국동시문학상 · 한국아동문학상 · 유럽방송연맹 은상 ·
소천아동문학상 · 박홍근아동문학상 등을 받았습니다. 그동안 동요 · 동시집으로
「초록빛 바람」 「아이야 울려거들랑」, 동화 · 소년 소설집으로 「벙어리 피리」 「대통령의 눈물」
「예솔아, 고건 몰랐지?」, 우리 조상의 얼이 담긴 옛날 이야기를 새로 엮어 쓴
「우리 고전 전래 동화」와 기획 만화 「싸이버 똥개」 등을 펴냈습니다.

2023년 4월 25일 2판 6쇄 **펴냄**
2011년 8월 25일 2판 1쇄 **펴냄**
2004년 10월 1일 1판 1쇄 **펴냄**

펴낸곳 (주)효리원
펴낸이 윤종근
지은이 에드몬도 데 아미치스
엮은이 김원석 · **그린이** 전규만
등록 1990년 12월 20일 · **번호** 2-1108
우편 번호 03147
주소 서울시 종로구 삼일대로 457, 406호
전화 02)3675-5222 · **팩스** 02)765-5222

ⓒ 2004, (주)효리원

ISBN 978-89-281-0123-8 64840

이메일 hyoreewon@hyoreewon.com
홈페이지 www.hyoreewon.com

소중한 _____ 에게

_____ 가(이) 선물합니다.

_____

사랑의 학교

에드몬도 데 아미치스 지음
김원석 엮음 / 전규만 그림

효리원
hyoreewon.com

『사랑의 학교』에는 여러 이야기가 들어 있습니다. 그것들은 비참한 이야기, 슬픈 이야기, 용기 있는 이야기, 가슴 뭉클한 이야기들로 여러분 주변에서 일어나는 살아 있는 생활이라고도 할 수 있습니다. 그렇기에 읽는이의 마음을 진하게 움직여 어떻게 살아가야 하나를 가르쳐 줍니다.

이 글을 쓴 에드몬도 데 아미치스는 1846년 이탈리아 오넬리아에서 태어났습니다. 전쟁에 소위로 참전했던 아미치스는 그 경험을 토대로 첫 작품인『군대 생활』을 써서 작가로 인정받았습니다.

그의 많은 작품들 가운데 널리 알려진 것은『사랑의 학교』입니다.『사랑의 학교』는 1888년 처음 출판된 뒤 여러 나라 말로 번역되었습니다. 원래 제목은『쿠오레(*Cuore*)』인데, '쿠오레'란 이탈리아 말로 '마음' 또는 '사랑'을 뜻합니다.

아미치스가 이 글을 쓸 때 이탈리아는 프랑스, 독일, 스페인, 오스트리아와 같은 강한 나라에 둘러싸여 이들의 지배를 받고 있었습니다. 한마디로 힘없는 나라의 설움을 뼈아프게 느낄 때였지요.

우리나라도 강대국 틈에서 마음껏 목소리를 못 내고 있습니다. 그렇다고 무조건 강대국들에게 큰 소리만 낼 수는 없습니다. 우리의 목소리가 제대로 들릴 수 있도록 힘을 키워야 합니다.

그럼, 우리의 힘을 키우려면 어떻게 해야 할까요?

『사랑의 학교』는 우리 어린이들이 무엇을 어떻게 해야 할 것인가를 잘 일깨워 주고 있습니다.

엮은이 김원석

| 차례 |

사랑의 학교

10월

새 학기

17일 월요일

오늘은 개학날이다. 나는 오늘부터 초등학교 4학년이다. 즐거웠던 여름 방학이 꿈결같이 지나가고 말았다.

학교 가는 길에는 아이들로 꽉 찼다. 문방구 앞에는 부모님 손을 잡은 아이들이 가방, 가위, 공책 등을 사느라 몰려 있었다.

누군가가 내 어깨를 치기에 돌아다보니, 3학년 때의 담임 선생님이 변함없이 헝클어진 빨간 머리를 하고 있었다.

"엔리코, 이제 너와는 헤어져야겠구나!"

선생님이 서운한 표정으로 말씀하셨다. 그 말을 들으니 나도 마음이 아팠다.

어머니는 나를 새로운 교실 쪽으로 데리고 갔다. 4학년이 되면 교실이 1층에서 2층으로 바뀐다.

우리 반은 쉰네 명이었다. 3학년 때 같은 반이었던 친구들은 열대여섯 명밖에 안 되었다. 그중에는 언제나 일등상만 타는 데로시도 있었다.

이제부터 아홉 달 동안 공부만 해야 한다고 생각을 하니 마음이 심란해졌다. 시험이 있을 테고, 늘 숙제에 시달리는 날이 계속될 것이다.

새로 담임을 맡은 페르보니 선생님은 이마에 주름살이 있어 무서워 보였다. 교단 위에 빨간 머리 선생님이 있으면 좋으련만…….

나는 웬일인지 학교가 그전처럼 즐겁지가 않았다.

교실을 나와 기다리고 있는 어머니에게로 가자, 어머니는 위로의 말씀을 해 주셨다.

"엔리코, 기운을 내라! 엄마와 함께 공부하도록 하자."

우리 선생님

18일 화요일

나는 오늘 아침부터 새 선생님이 좋아졌다.

선생님이 교실에 앉아 계시는데, 복도를 지나가던 한무리의 학생들이 인사를 했다.

"페르보니 선생님, 안녕하세요?"

전에 선생님과 공부를 한 학생들이 손을 흔들고 지나가는 것을 보니, 선생님이 학생들에게 좋은 선생님이셨다는 것을 알 수 있다. 선생님은 답례를 하면서 조용히 미소지으셨다.

글씨를 쓰고 있을 때, 선생님이 한 아이 곁으로 다가갔다. 그 아이의 얼굴은 부스럼이 나서 빨개져 있었다. 선생님은 그 아이의 얼굴을 두 손으로 받쳐들고 한참 들여다보셨다.

"너, 열이 있는 게 아니냐?"

선생님은 그 아이를 보고 걱정스럽게 말씀하셨다.

그때, 선생님 뒤에 있던 한 아이가 책상 위에 올라서서 꼭두각시 흉내를 내면서 까불기 시작했다. 선생님이 홱 돌아보자, 그 아이는 깜짝 놀라 얌전해졌다. 혼이 날까 봐 걱정스러운 얼굴이었다. 모두들 조용해졌다.

'야단을 치시려나?'

선생님은 잠시 아무 말도 없더니 그 아이의 머리에 가만히 손을 얹고 말씀하셨다.

"또 그러면 안 된다."

수업이 끝난 뒤, 선생님은 우리에게 이런 말씀을 하셨다.

"여러분, 우리들은 지금부터 1년 동안 함께 공부할 것입니다. 사이좋게 지냅시다. 선생님에게는 가족이 없어요. 얼마 전까지만 해도 어머니가 계셨는데 돌아가셨습니다. 선생님은 혼자입니다. 그러니까 여러분이 선생님의 아들딸들이 되어 주어

야 합니다. 여러분만이 선생님에게 위로가 됩니다. 선생님은
여러분들이 마음씨 착한 아이들이라고 믿어요. 그리고 품행을
단정히 해 줘요. "

　모두들 조용히 듣고 있었다.

　아까 장난을 쳤던 그 아이가 선생님 곁으로 갔다. 그 아이는
떨리는 목소리로 말했다.

　"선생님, 제가 잘못했어요."

　선생님은 그 아이의 어깨를 가볍게 두드리며 말씀하셨다.

　"괜찮다. 알았으면 됐다."

슬픈 일

21일 금요일

　학교 가는 길에 아버지와 같이 페르보니 선생님 이야기를 했
다. 그런데 학교 앞에 많은 사람들이 모여 있었다.

　"엔리코, 무슨 일이 있나 보다."

　아버지는 사람들 틈을 비집고 들어갔다.

　사람들 사이로 교장 선생님의 벗겨진 이마가 보이고, 경찰

아저씨의 헬멧도 보였다.

"가엾어라. 로베티."

"의사다, 의사야."

의사가 도착했다고 웅성거리는 소리와 함께 높은 모자를 쓴
신사가 군중 속으로 들어갔다.

아버지는 선생님에게 물었다.

"어떻게 된 일입니까?"

"학생이 마차에 발이 치었습니다."

로베티는 나와 같은 반이었다. 1학년 남자아이가 거리에서
어머니 손을 놓고 뛰어가다가 길 한복판에서 넘어졌다.

그때, 마차가 전속력으로 달려오는 것을 본 로베티는, 재빨
리 그 아이를 마차 저쪽으로 밀어 냈다. 그런데 그만 자신의
한쪽 발이 마차에 치이고 말았다.

여러 사람들이 떠들썩하게 이야기를 주고받고 있는데 로베
티의 어머니가 미친 사람처럼 뛰어왔다.

그것을 본 한 아주머니가 로베티 어머니에게 다가가 울면서
무엇인가를 말했다.

아마도 그는 살아난 아이의 어머니인 것 같았다. 두 사람은
손을 마주 잡고 교장실로 들어갔다. 한참 만에 교장 선생님이

로베티를 양팔로 받쳐 안고 나오셨다.

　로베티는 눈을 감은 채 교장 선생님의 어깨에 머리를 기대고 있었다.

　"참으로 장한 소년이다."

　"훌륭한 일을 했어, 로베티!"

　여기저기서 로베티를 칭찬하는 소리가 들렸다.

　그때, 로베티가 눈을 떴다.

　교장 선생님은 로베티를 안고 마차가 있는 데로 가서, 여러 사람의 도움을 받아 로베티를 마차 안에다 살며시 뉘었다.

　마차는 병원을 향해 움직였고, 우리들은 무거운 기분으로 교실로 들어갔다.

칼라브리아에서 온 아이

22일 토요일

　친구들과 로베티는 지팡이를 짚고 다니지 않으면 안 될 거라고 말하고 있는데, 교실문이 열리더니 교장 선생님이 전학생 한 명을 데리고 들어오셨다.

검은 셔츠에 검은 바지, 검은 구두에다가 검은 모로코 가죽으로 만든 허리띠를 차고 있는 아이였다. 얼굴은 까무잡잡하고, 날씬한 몸매에 까맣고 진한 눈썹을 한 그 아이는 선생님 옆에 서서 수줍은 듯 주위를 두리번거렸다.

"여러분에게 기쁜 소식을 알려 드리겠습니다."

선생님은 이렇게 말하고 가느다란 막대기로 벽에 걸린 이탈리아 지도에서 칼라브리아 지방의 레조라는 곳을 가리키셨다.

"이 학생은 이곳 칼라브리아의 레조에서 태어났습니다. 여기에서 800킬로미터나 떨어진 곳이죠. 칼라브리아에는 훌륭한 사람들이 많이 살고 있습니다. 큰 산이며 숲이 있는 아름다운 곳입니다. 여러분은 이 학생이 그리운 고향에서 멀리 떠나 왔다는 것을 잊어서는 안 됩니다. 이탈리아의 아이들은 이탈리아 어느 곳에 있어도 친구들이 있다는 것을 보여 줘야 합니다. 이 학생에게도 보여 줘야 합니다. 알았습니까?"

"네."

모두들 대답했다.

"그러면, 반장 나오너라."

늘 일등을 하는 데로시가 나갔다.

"네가 반을 대표해서 이 아이하고 악수를 해라. 토리노의 소

년이 칼라브리아의 소년을 맞이할 때 어떻게 하는지 반 친구
들을 대표해서 보여 주어라.”

데로시는 다가가서,

“사이좋게 지내자. 우리는 친구야.”

라고 말하며, 그 아이의 어깨를 껴안고 악수를 나누었다.

모두들 박수를 보냈다.

선생님은 또 말씀하셨다.

“여러분, 지금 선생님이 말하는 것을 잘 기억해 두어요. 50
년이라는 기나긴 세월 동안 이탈리아는 한 나라로 통일되지를
못했습니다. 이탈리아는 여러 나라로 나뉘어 서로 싸웠습니
다. 이탈리아는 한 나라가 되기 위해 3만이나 되는 많은 사람
들이 귀중한 피를 흘렸습니다. 왜 그랬을까요? 그것은 칼라브
리아의 아이가 토리노에 오더라도, 토리노의 아이가 칼라브리
아에 가더라도 사이좋게 지내게 하기 위해서였습니다. 만일에
토리노의 아이가 아니고 칼라브리아의 아이라 해서, 혹은 딴
동네에서 온 아이라 해서 짓궂게 구는 학생이 있다면 그 학생
은 이탈리아 삼색기 앞에서 부끄러움을 느껴야 합니다.”

칼라브리아 아이가 빈 자리에 앉자 옆자리에 앉은 애들이 제
각기 새 친구에게 펜, 책받침, 종이 따위를 선물로 주었다.

맨 뒷자리에 있던 가르로네는 소중히 가지고 있던 자신의 스웨덴 우표를 주었다.

상냥한 가르로네

26일 수요일

오늘 아침 선생님이 아직 오시지 않았을 때였다. 애들 서넛이 팔 한쪽을 못 쓰는 붉은 머리 소년 크로시를 못살게 굴었다. 쥐어박고 자막대기로 찌르기도 하며, 목에 붕대를 두르고 한쪽 팔을 걸고 다니는 크로시 흉내를 내기도 했다.

크로시는 못마땅해하면서도 상대하려 들지 않았다. 그러자 그들은 더 한층 장단을 맞춰 가며 크로시를 바보 취급했다. 크로시는 고개를 숙이고 꾹 참고 있는 것 같았다.

그중에서 프란티는 정말 나빴다. 책상 위에 올라서서 크로시 어머니가 바구니에 야채를 담아 팔러 다니는 모습을 흉내 내었다. 크로시는 더 참지 못하고 잉크병을 프란티에게 집어던졌다. 잉크병은 프란티에게 맞지 않고 불행히도 교실에 들어서던 선생님 가슴에 맞았다.

모두들 놀라서 제자리에 앉아 찍 소리도 내지 못했다.

선생님은 아주 성이 난 얼굴로 교단에 올라가서, 우리를 둘러보았다.

"누구냐?"

대답하는 사람은 아무도 없었다.

"누구야?"

선생님은 더 한층 날카로운 음성으로 물었다.

"누구냐 말이야?"

가르로네가 불쌍한 크로시를 대신해서 말했다.

"접니다."

선생님은 가르로네를 보고 말했다.

"너는 아니다. 누군지 일어나라."

"제가 했습니다."

크로시는 울면서 일어났다.

"선생님, 죄송합니다. 저는 참으려 했습니다만, 제 어머니 흉내를 내기에 견딜 수가 없었습니다."

"괜찮다. 앉아라. 크로시에게 장난을 친 사람은 나오너라."

네 명의 장난꾸러기들이 머리를 숙이고 앞으로 나갔다.

선생님은 가르로네 앞으로 가서 가만히 말했다.

"너는 훌륭하다. 불쌍한 동무를 감싸 주었으니……."

가르로네는 얼굴이 빨개져 작은 목소리로 선생님께 속삭였다. 아마도 선생님께, 장난꾸러기들을 용서해 달라고 말한 모양이다.

선생님은 장난꾸러기들에게 말했다.

"너희들, 이번에는 용서해 줄 테니 자리로 돌아가거라. 남의 불행에 웃으면 안 된다."

지붕 밑 방을 방문하다

28일 금요일

어제 아침 어머니는 신문을 보면서 실비아 누나에게 말했다.

"아주 딱한 집 기사가 났는데, 아마 이 근처인가 보다."

"우리도 무얼 좀 도와주면 어떨까요?"

오늘 어머니하고 누나가 얼마 안 되는 옷가지를 챙겨서 신문에 난 그 집을 찾아갔다. 한 지붕 밑에 여러 집이 모여 사는 곳인데, 어머니는 막다른 방문을 두드렸다.

푸른 수건을 쓴 야윈 여자가 나왔다.

“아!”

어디선가 본 듯한 사람이었다.

“신문에 난 분이지요?”

어머니가 신문을 보이며 말하자, 그는 그렇다고 대답했다.

“저, 얼마 안 되는 것이지만 쓰세요.”

그분은 고맙다고 했다.

문 틈으로 보이는 방 안에는 내 또래의 아이가 마룻바닥에 쪼그리고 앉아 공부를 하고 있었다. 그 아이의 빨간 머리, 너덜너덜한 옷, 그리고 왼쪽 팔을 붕대로 목에 걸고 있는 모습을 본 나는 ‘크로시!’ 하고 부를 뻔했다.

어머니에게, 저기 있는 애가 우리 반 아이라고 조용히 말하자, 어머니는 내 귓가에 대고 소곤소곤 말했다.

“여기서 부르지 마라. 저 애가 자기 반 아이 어머니에게서 도움을 받았다는 걸 알면 부끄럽게 생각하지 않겠니?”

그렇지만 크로시는 이쪽을 바라보고 있었다. 그는 내 얼굴을 보고 싱긋 웃으며 한쪽 손을 내밀었다. 나는 가서 그 손을 쥐었다.

어둠침침하고 세간이라고는 책상 하나 없는 방이었다.

크로시 어머니는 우리 어머니에게 이런 말을 했다.

"고맙습니다. 남편은 저 애와 저를 남겨 놓고 6년째 미국에 가 있답니다. 제가 그동안 야채를 팔아서 그럭저럭 지내 왔습니다만, 그만 병이 나서 이 꼴이 되었답니다. 고맙게도 시에서 교과서와 공책을 주어 애가 학교에 다닐 수 있습니다."

어머니는 지갑에 있던 돈을 모두 크로시 어머니에게 주었다.

밖으로 나온 어머니는 울고 계신 것 같았다.

어머니가 말했다.

"저 불쌍한 애를 봐라. 저러고서도 공부를 열심히 하잖니? 넌 무엇 하나 불편한 게 없는데도 공부를 열심히 하지 않지? 저런 아이에게 일등상을 줘야만 할 거다."

앞으로 나도 더 힘껏 공부하지 않으면 안 되겠다.

이탈리아 소년의 자랑

아침에 페르보니 선생님은 우리들에게 참으로 기쁜 일을 약속해 주셨다.

"선생님이 너희들에게 매달 아주 재미있고 감격적인 이야기를 들려주겠다. 이제부터 선생님이 해 줄 이야기는 너희들이 여러 가지를 생각하고, 사람은 어떻게 사는 게 좋은가를 아는 데 큰 도움이 될 것이다."

나는 이제부터 선생님의 이야기를 잊지 않게 적을 생각이다. 제일 처음 이야기는 다음과 같은 것이다.

프랑스 기선 하나가 스페인의 바르셀로나를 출발해서 이탈리아의 제노바로 항해를 하고 있었다. 배 안에는 프랑스 사람, 이탈리아 사람, 스페인 사람, 스위스 사람들이 타고 있었다.

이 가운데 남루한 옷차림을 한 소년이 쓸쓸하게 여행을 하고 있었다. 그 소년은 언제나 갑판 위 한쪽 구석에서 사람들을 바라보며 혼자 있었다.

그도 그럴 것이, 농사를 짓던 그 소년의 부모가 2년 전에 그 소년을 서커스단에 팔아넘겼던 것이다. 소년은 서커스단에서 늘 얻어맞고 밥도 제대로 얻어먹지 못하며 혼만 나면서 이리저리 끌려다녔는데, 바르셀로나에 왔을 때에는 더 이상 참을 수가 없어 이탈리아 영사관에 뛰어가 살려 달라고 애걸했다. 불쌍히 생각한 영사의 주선으로 소년은 배를 타고 자기를 팔아먹은 부모님이 있는 파도바로 가는 길이었다.

너무 혼이 났던 소년은 사람을 믿지 못했다. 그래도 손님들 가운데, 이것저것을 물어 소년의 처지에 대한 이야기를 알아낸 사람이 있었다.

소년의 가엾고 딱한 얘기를 전해 들은 사람들이 소년을 위해 얼마간의 돈을 내놓았다. 꽤 많은 은돈과 동전이 쌓였다. 소년은 태어나서 그렇게 많은 돈을 가져 본 적이 없었다.

소년은 고맙다고 말하며 돈을 누더기 손수건에 소중히 쌌다. 그리고 갑판 곁에 있는 자신의 작은 방으로 가서 커튼을 쳤다. 이 돈만 있으면 먹고 싶은 것을 실컷 먹을 수 있을 것이다.

"제노바에 도착하면 윗옷을 사 입어야지. 아버지, 어머니께 이 돈만 드리면 귀찮은 녀석이 돌아왔다고 하시지는 않겠지."

소년의 꿈은 부풀어올랐다.

사랑의 학교

11월

굴뚝 청소하는 아이

1일 화요일

학교에서 돌아오는데, 열 살쯤 된 남자아이가 울고 있었다. 그 애는 굴뚝 청소하는 아이인 듯, 그을음이 든 큰 자루와 철사를 둘둘 만 그을음 터는 솔을 들고 있었다.

그때 교문에서 나온 여학생 두셋이 그 아이에게 물었다.

"너 왜 우니?"

그 아이가 흐느끼면서 대답했다.

"굴뚝 청소한 돈 30솔디(솔디는 이탈리아 돈으로, 그 가치는 시대에 따라 변하지만, 이탈리아의 화폐 단위인 리라의 20분의 1에 해당된다.)를 받았는데 잃어버렸어. 셔츠 주머니에 구멍이 난 줄을 몰랐거든……. 돈을 안 가져가면 아버지한테 두들겨 맞아. 그래서 집에 들어갈 수가 없어."

여학생들은 걱정스러운 얼굴로 그 아이를 바라보았다.

그때 또 다른 여학생들이 몰려나와 둘러섰다. 그 가운데 푸른 날개 같은 모자를 쓴 여학생이 말했다.

"나 여기 2솔디 갖고 있어. 너희들도 조금씩은 있지? 모으면 30솔디는 될 거야."

"나도 2솔디 있어."

"나도."

여학생들은 굴뚝 청소하는 아이를 둘러싸고 돈을 모았다. 그때, 4학년 여학생들이 교문을 나오고 있었다. 푸른 날개 모양의 모자를 쓴 아이가 그 여학생들에게 굴뚝 청소하는 아이에 대한 이야기를 했다.

"어머, 가엾어라."

"나도 줄게."

모아진 돈은 30솔디가 넘었다. 그때 누군가가 말했다.

"교장 선생님 오신다."

여학생들은 부끄러워 모두 도망가고 굴뚝 청소하는 아이만 남아 싱글벙글 웃었다.

나는 뭐라 표현할 수 없을 만큼 기분이 좋았다.

숯장수와 신사

7일 월요일

어제 자기 집이 부자라고 자랑하는 노비스가 숯집의 베티하고 싸웠다.

노비스는 말로 언쟁을 하다 지게 되자, 베티에게 악을 썼다.

"쳇, 너의 아버지는 더러운 가난뱅이야."

이 말을 들은 베티는 아무 말도 못 하고 눈에 눈물만 가득 고였다.

그런데 오늘 아침에 베티의 아버지, 그러니까 몸집이 작은 숯집 할아버지가 선생님을 찾아왔다. 아마 어제 노비스가 욕한 것을 말하려고 온 것일 게다. 마침 노비스의 아버지가 노비스를 데리고 왔다.

노비스 아버지는 노비스의 외투를 벗겨 주다가, 베티 아버지가 자기 이름을 말하는 소리를 듣고 교실로 들어왔다.

노비스 아버지는 자세한 이야기를 듣고, 아들의 한 손을 꼭 잡고 베티 앞으로 밀면서 말했다.

"사과해라. 아버지가 하는 대로 말해. '너의 아버지가 하시는 일을 욕한 걸 용서해 주렴. 우리 아버지는 너의 아버지와 악수를 할 수 있게 되기를 바라신다.'라고. 무얼 우물쭈물하고 있어!"

노비스는 모깃소리같이 작게 말했다.

"너의 아버지가 하시는 일을 가지고 욕한 것을 용서해 주렴.

우리 아버지는…… 네 아버지하고…… 악수를…… 할 수 있게 되기를…… 바라신다.”

노비스의 아버지가 숯장수에게 한 손을 내밀었다.

숯장수는 신사의 손을 굳게 잡았다.

노비스 아버지는 선생님 쪽으로 돌아서며 말했다.

“될 수 있으면, 두 애를 한 책상에 나란히 앉게 해 주십시오. 두 아이는 친구니까요.”

선생님은 베티와 노비스를 나란히 한 자리에 앉히셨다.

노비스 아버지는 인사를 하고 돌아갔다.

베티 아버지는 노비스를 한참 바라보았다.

선생님이 말했다.

“너희들 지금 본 일을 잘 기억해 두어라. 이것은 올 들어 가장 훌륭한 공부 시간이었다.”

곱사등이 넬리

23일 수요일

넬리는 성격이 상냥하고 열심히 공부하는 아이다. 그러나 빼

빼 마르고 창백하며 곱사등이라, 숨쉬는 것마저 고통스러워
보인다.

　항상 검은 옷을 입는 넬리 어머니는 수업이 끝날 때쯤 되면
넬리를 데리러 오신다. 곱사등이인 넬리가 사람들 틈에 휩쓸
려 다칠까 염려스러워서였다.

　넬리를 처음 본 학생들은 넬리를 놀리거나 집적거리기 일쑤
였다. 그래도 넬리는 그 사실을 자기 어머니에게 말하지 않았
다. 어머니가 슬퍼하는 게 싫어서였다.

　어느 날, 누군가가 넬리의 등을 가방으로 때려서 넬리가 책
상에 엎드려 운 적이 있었다. 힘이 세고 마음씨 좋은 가르로네
가 큰 소리로 말했다.

　"누구든지 넬리에게 손을 대는 놈은 내가 대신 혼을 내주고
말 테다."

　하지만 프란티가 넬리 곁으로 가서 손을 내밀며 계속 집적거
리려고 했다. 그때 가르로네가 던진 가방이 프란티에게 정통
으로 맞아 프란티는 그만 넘어지고 말았다.

　그 뒤로는 넬리에게 손을 대는 사람이 없었다. 선생님이 넬
리를 가르로네 짝꿍으로 만들어 주었기에, 넬리는 안심하고
공부할 수 있게 되었다.

가르로네는 넬리가 외투 입는 것을 도와주고, 가방을 대신 들어주기도 했다. 넬리는 가르로네를 여간 좋아하지 않았다. 넬리가 자기 어머니에게 가르로네에 대한 이야기를 했는지 이런 일이 있었다.

공부가 끝나기 전에, 내가 페르보니 선생님 심부름으로 교장실에 가 있는데, 넬리 어머니가 교장실로 찾아오셨다.

"교장 선생님, 가르로네를 불러 주셨으면 좋겠습니다."

가르로네가 오자 넬리 어머니가 말했다.

"불쌍한 넬리를 감싸 주는 가르로네가 바로 너구나! 네 덕분에 우리 넬리가 기운이 나서 학교에 다니게 되었단다. 이 기쁨을 어떻게 표시하면 좋을지 모르겠구나!"

넬리 어머니는 목에 걸고 있던 조그마한 십자가 목걸이를 풀더니 가르로네의 목에 걸어 주셨다.

"이걸 받아 다오. 나의, 아니 넬리 엄마의 기념이라 생각하고……. 이걸 볼 때마다 넬리와 넬리의 엄마가 네게 감사하고 있다는 것을 생각해 다오. 가르로네, 늘 행복하렴."

롬바르디아 소년의 죽음

1859년, 롬바르디아의 해방을 위해 이탈리아는 오스트리아와 싸움을 했다. 피비린내 나는 전투가 롬바르디아 곳곳에서 벌어졌다.

6월의 어느 아침이었다. 푸른 풀밭으로 둘러싸인 아름다운 이 지방에도 포탄이 날아올지 모른다며, 마을 주민들은 모두 전날 저녁에 피난을 떠난 상태였다.

푸른 풀밭 저쪽에서 이탈리아 기병 일 소대가 다가오고 있었다. 그들은 정찰을 하러 온 듯, 조심조심 발소리를 죽이고, 사방을 경계하면서 왔다.

미루나무로 둘러싸인 집 앞까지 왔을 때, 앞서던 장교가 발을 멈추었다. 집 안에는 열두 살쯤 된 소년이 혼자서 칼로 나뭇가지를 다듬으며 무엇인가를 만들고 있었다.

소년은 장교를 보자 모자를 벗고 인사를 했다. 금빛으로 빛나는 고운 금발의 소년이었다.

"왜 피난을 안 갔니?"

장교가 물었다.

"저는 고아라 갈 곳이 없어요. 줄곧 이 집에서 일해 주며 지내고 있었어요."

"이제 여기는 위험하다."

"알아요. 그래도 저는 전쟁이라는 걸 보고 싶어요."

"너, 이 근방으로 적병이 지나가는 모습 못 봤니?"

"아무것도 못 봤어요."

장교는 무엇인가 한참 생각하는 듯했다. 장교는 지붕 위로 올라가 한참 만에 내려와서 한숨을 쉬며 말했다.

"아무것도 안 보이는걸. 그렇지만 아무래도 이상해."

장교는 높이 솟은 미루나무 꼭대기를 올려다보았다.

"저기 올라가면 뭐든 보일 텐데."

그렇지만 미루나무는 가늘어서 어른은 올라갈 수 없었다.

"얘, 너 눈 좋으니?"

"네, 1킬로미터 앞에 있는 새도 볼 수 있어요."

"그럼, 이 나무 꼭대기에 올라갈 수 있겠니?"

"네."

"아주 위험하다. 총에 맞을지도 모르니까."

"괜찮아요. 이탈리아를 위한 일이니까요."

소년은 생긋 웃으며 힘차게 대답했다.

"그럼, 올라가 봐라. 총검같이 번쩍이는 것이나, 군대가 이동할 때 이는 먼지 같은 것이 보이지 않는지 아주 조심해서 봐야 한다."

소년은 신을 벗고 미루나무 위로 올라갔다.

“애, 위험하다. 보이는 게 있으면 말해라.”

장교는 손나팔 모양을 하고, 꼭대기에 있는 소년에게 소리질렀다.

“약 800미터 앞에 말 탄 사람이 보입니다.”

“오른쪽에 무엇이 보이지 않니?”

“오른쪽 나무 사이로 뭐가 빛납니다. 아, 보리밭 속에 군인이 숨어 있는 것 같습니다.”

소년이 말하는 순간 ‘탕!’ 하고 총알 날아오는 소리가 들렸다.

“앗, 들켰다. 위험하니 빨리 내려오너라. 왼쪽에는 무엇이 보이니?”

“왼쪽에요?”

소년이 미처 말을 끝맺기 전에 먼저보다 더 가깝게 총알이 ‘쌩!’ 하고 소년을 스쳐갔다.

“빈 집 근방에 많은 군인들이⋯⋯.”

그때 소년은 “앗!” 하며 거꾸로 떨어지고 말았다.

“애, 어쩐 일이니?”

장교는 소년을 안고 집 안으로 들어왔다. 소년의 왼편 가슴에서는 새빨간 피가 주르르 흘렀다.

“애야, 애야!”

소년은 입술을 빠끔히 벌린 채 웃는 듯이 죽어 있었다.

"쯧쯧, 못할 짓을 했구나!"

"덕분에 적이 있는 것을 알지 않았습니까?"

"이 아이는 훌륭한 군인이었다. 군인의 예를 갖추어 장례를 지내 주자."

장교는 이렇게 말하며, 창가에 늘어져 있는 삼색기를 가져다가 소년의 몸을 감쌌다. 그런 다음 장교는 급히 말에 올라 적의 위치를 본대에 알리기 위해 기병들을 데리고 달려갔다.

소년의 이야기를 들은 군인들은, 그 농가 옆을 지나갈 때, 이탈리아 기에 싸여 미루나무 밑에 잠들어 있는 소년에게 경례를 하고 지나갔다.

사랑의 학교

12월

가로피의 용기

16일 금요일

학교에서 돌아오는 길에 생긴 일이다. 눈이 퍼붓고 있는 길에서 모두들 눈싸움을 했다. 길 가던 사람이 소리쳤다.

"위험하다! 그만둬라!"

그때, 길 저편에서 "어이쿠!" 하는 소리가 들렸다.

어떤 할아버지가 양손으로 얼굴을 가리고 몸을 구부렸다. 할아버지의 모자는 저만치서 나뒹굴었다.

"큰일 났다. 얼굴을 맞으셨나 봐."

"던진 게 누구야?"

경찰 아저씨가 달려오고 사람들이 몰려왔다. 당황한 아이들은 뿔뿔이 달아났고, 몇 명은 내가 서 있는 서점 앞으로 다가왔다.

내 곁에 가르로네와 코레티, 아버지가 미장이라서 '꼬마 미장이'로 불리는 아이, 그리고 우표를 좋아하는 가로피가 있었다. 조금 전까지 눈싸움을 하던 아이들은 이제 겁에 질려 떨고 있었다.

경찰이 애들을 불러 누가 던졌는지 조사했다.

"너 몰라?"

"전 아닙니다. 몰라요."

"야! 너, 손 좀 보자. 너도 눈싸움을 했지?"

"눈싸움은 했지만 저는 저쪽에서 했는걸요."

아이들은 저마다 자기가 그런 게 아니라며 주위를 둘러봤다. 내 곁에 있던 가로피가 새파랗게 질린 얼굴로 떨고 있었다.

그때, 가르로네가 가로피에게 속삭였다.

"자, 네가 나서야 돼. 다른 사람이 붙잡히게 하는 것은 비겁한 행동이야."

"그렇지만 나는……. 나 무서워. 그리고 일부러 그런 것도 아니잖아."

"용기를 내. 내가 같이 가 줄게."

할아버지를 둘러싸고 있던 사람들 중 누군가가 말했다.

"큰일 났다. 안경 유리가 깨져 눈을 다치셨어."

"용기를 내."

가르로네는 가로피 손을 잡고 앞으로 나아갔다. 이것을 본 몇 사람이 주먹을 쥐고 뛰어왔다. 그러자 가르로네가 떡 버티고 서서 소리쳤다.

"여러 사람이 이 아이 하나에게 어떻게 하자는 겁니까?"

　가르로네의 말에 사람들은 손을 내렸다. 경찰이 와서 가로피를 할아버지가 누워 있는 국숫집으로 데려갔다.

　할아버지는 의자에 누워, 눈 위에 손수건을 올려놓고 있었다. 가로피는 울면서 말했다.

　"일부러 한 짓이 아니에요."

　그때 누군가 가로피를 일으켜 주는 사람이 있었다.

　교장 선생님이었다.

　"여러분, 이 애는 스스로 나서지 않았습니까? 가로피, 빌어라. 반드시 용서해 주실 거다."

　교장 선생님은 다정하게 가로피에게 말했다. 가로피는 눈물범벅이 된 얼굴로 누워 있는 할아버지 무릎을 손으로 만졌다.

양손으로 얼굴을 누르고 있던 할아버지는 더듬더듬 가로피의 머리를 찾아 조금 떨리는 손으로 천천히 머리를 쓰다듬어 주셨다.

돌머리의 승리

28일 수요일

아침에 학교에서 두 가지 이야깃거리가 생겼다. 하나는, 어제 자신이 던진 눈덩이에 눈을 다친 할아버지께 가로피는 우표 수집장을 드렸다. 미안한 마음에서였다. 그런데 그 우표 수집장이 되돌아왔다. 아마 할아버지는 가로피가 오랫동안 고생하며 모은 것을 알고 돌려보내신 것이리라. 우표 수집장에는 가로피가 그렇게도 갖고 싶어하던 과테말라 공화국 우표가 세 장이나 더 붙어 있었다. 가로피가 미친 듯이 좋아한 것도 무리가 아니다.

나는 그것이 가로피의 용기와 그가 소중히 간직하던 것을 아까운 줄 모르고 내놓은 갸륵한 마음씨의 보상이라고 생각한다. 구두쇠라고 놀림받던 가로피에게 이같이 훌륭한 마음씨가 있었음을 나는 마음 깊이 존경한다.

또 한 가지는, 스타르디가 이등상 메달을 받은 것이다. 우리는 너무 놀라 한참 동안 그것이 정말일까 하고 의심할 정도였다.

지난 4월에 스타르디 아버지가 그를 학교에 데리고 와서 모두가 있는 앞에서 선생님께 말했다.

"선생님, 이 애는 이해하는 것이 더딥니다. 참고 가르쳐 주십시오."

정말 스타르디는 머리가 좋은 편이 아니었다. 반에서는 모두 그 애를 돌대가리라고 불렀다. 그리고 이름대로 스타르디는 고집불통이었다.

그는 소처럼 참을성이 많고, 당나귀같이 강했다. 짧은 목에, 짧은 손, 목소리는 호랑이 소리 같은 땅딸보 스파르디는 몸집에 어울리게 열을 내어 노력했다.

스타르디는 용돈을 받으면 모두 책을 사서 읽었는데, 모아 놓은 책이 책상에 가득 찼다고 한다.

메달을 줄 때, 선생님은 웃으시면서 말했다.

"스타르디야, 돌머리의 승리로구나! 선생님도 정말 기쁘다."

효도하는 피렌체의 소년

줄리오는 피렌체에 사는 초등학교 4학년이었다. 아버지는 철도국에 근무하는데, 가족이 많고 월급은 적어 형편이 어려웠다. 가족들을 편안하게 해 주려는 아버지는, 하루 종일 일하고 집에 들어와서 밤늦게까지 부업으로 봉투에다 이름 쓰는 일을 했다.

아버지는 장남인 줄리오가 열심히 공부해서 하루바삐 훌륭한 사람이 되는 것을 낙으로 삼고 지냈다.

출판사에서 가져온 봉투에다 이름을 쓰는 일은 5백 장 써야 3리라 받았다. 그런데 아버지는 나이가 많고 낮의 철도국 일이 힘들어 얼마 쓰지를 못했다.

가끔 아버지는 어머니에게 이런 말을 했다.

"여보, 이제 나이가 들어 그런지, 눈이 침침하고 금방 피곤해지는구려. 줄리오는 아직 어린데 큰 걱정이오."

이 말을 듣고 줄리오가 말했다.

"아버지, 봉투 쓰는 일을 제게 주세요. 제 글씨가 아버지 글씨하고 비슷하잖아요."

아버지는 당치 않은 소리라고 머리를 흔들었다.

"네가 걱정할 일이 아니다. 너는 열심히 공부해야 한다."

줄리오는 아버지가 한 번 말하면 그만이라는 것을 잘 알기에 입을 다물고 말았다.

'착하고 불쌍한 우리 아버지, 많은 식구들로 고생하는 아버지를 도와드려야지…….'

아버지는 매일 밤 12시까지 봉투에다 이름을 쓰고 침실로 들어갔다.

어느 날, 줄리오는 12시쯤 일어나서 아버지가 잠들기를 기다렸다.

아버지가 침실로 들어가자 줄리오는 가만히 일어나 아버지가 일하던 방으로 들어가 불을 켰다. 책상 위에는 아버지가 하다 둔 일거리가 그대로 있었다. 줄리오는 발소리를 죽이며 아버지 책상에 가서 앉았다.

두근거리는 가슴을 누르고 아버지가 쓰던 펜을 잡고 아버지와 똑같이 봉투에다 이름을 썼다.

다행히 줄리오의 글씨가 아버지의 글씨체와 비슷하지만, 아버지에게 들키지 않으려면 더욱 잘해야만 했다.

줄리오는 160장이나 되는 봉투에다 이름을 썼다. 1리라만큼을 썼다고 생각한 줄리오는 펜을 놓고 자기 방으로 돌아갔다.

이튿날 아침, 아버지는 무척 기뻐하며 아들의 어깨를 툭툭 치며 말했다.

"줄리오야, 아버지는 아직도 일을 잘할 수 있다. 눈과 손이 잘 움직여 어젯밤에는 다른 날보다 3분의 1이나 더 했구나."

줄리오는 생각했다.

'아버지는 눈치채지 못하고 기뻐하시는구나. 그래, 당분간 밤중에 몰래 일어나서 일을 계속해야지.'

줄리오는 이튿날 밤도 12시에 일어나 봉투 쓰는 일을 했다. 이렇게 아무에게도 들키지 않고 일을 계속했다.

그런데 어느 날 저녁에 아버지가 말했다.

"이상하다. 요새는 어째 석유가 더 많이 닳는 것 같구나."

줄리오는 가슴이 뜨끔했다. 열두 살 소년이 매일 밤 자지 않고 일한다는 것은 여간한 무리가 아니었다. 아침에는 피곤해서 흔들어 깨워야만 일어나고, 숙제도 겨우 할 정도였다.

어느 날 밤, 줄리오는 공책 위에 엎드려 잠이 들었다.

"정신차려 공부해라. 이게 웬일이냐?"

아버지가 야단을 쳤다.

아버지에게 야단을 맞은 다음 날 밤에도 줄리오는 그전과 마찬가지로 일을 했고, 책 위에 엎드려 잠드는 일이 점점 잦아졌다. 그러자 이제껏 아들을 야단칠 줄 모르던 아버지가 줄리오에게 심한 소리를 했다.

"줄리오, 너는 아버지에게 미안하지도 않냐? 우리 집 희망은 오직 너뿐인데, 그래 가지고 무얼 하겠냐? 잘 생각해 봐라. 아버지는 요즘 너 하는 짓이 아주 못마땅하다."

이런 말을 듣는 것이 처음이라 줄리오는 가슴이 먹먹했다. 줄리오는 마음속으로 다짐했다.

'내가 나빴다. 언제까지 이렇게 몰래 일을 계속할 수는 없을 테니까 이제 그만두자.'

그날 저녁, 아버지는 저녁 식사 자리에서 여느 날과 달리 무척 유쾌해했다.

"봉투 쓰는 걸로 이 달은 지난 달보다 32리라나 더 벌었어."

아버지가 식탁 밑에서 과자 봉지를 꺼내자 모두들 손뼉을 치며 좋아했다. 이 모습을 본 줄리오는 혼자 생각했다.

'가엾은 우리 아버지. 이 일을 그만둬서는 안 되겠다. 낮에 더 열심히 공부하고 밤에는 일을 계속하도록 하자.'

줄리오가 이런 생각을 하고 있는데, 아버지가 그를 가리키며

말했다.

"32리라를 더 벌어서 좋기는 한데, 줄리오 때문에 걱정이야."

이 말을 들은 줄리오는 눈물이 나려고 했으나 꾹 참았다. 그래도 마음은 기뻤다.

줄리오는 열심히 일을 해, 몸이 점점 쇠약해져 갔다. 그러자 아버지는 더욱 화를 내며 줄리오를 야단쳤다.

어느 날, 아버지는 학교 선생님을 찾아가 아들의 성적을 물어보았다.

"그저 보통입니다만 전처럼 열심히 하지 않습니다. 하품을 자주 하며 졸기도 하고, 꼭 넋 잃은 아이 같을 때도 많습니다. 작문을 쓰라면 짧게 아무렇게나 써냅니다. 하면 썩 잘할 아이 인데요."

선생님은 퍽 안되었다는 듯이 말했다.

그날 밤, 아버지는 생전 처음 아주 무서운 얼굴로 줄리오를 야단쳤다.

"줄리오야, 너는 아버지가 어떤 고생을 하며 일하는지 알지? 그런데도 너는 내 말을 듣지 않는구나, 어머니나 동생들 생각은 손톱만큼도 안 하고!"

"아버지, 그런 말씀은⋯⋯."

줄리오는 북받쳐오르는 설움에 울음을 터뜨리고 말았다. 줄리오는 그만 다 이야기해 버릴까 하고 생각했지만, 차마 말을 못 하고 그날 밤도 봉투에 이름 쓰는 일을 계속했다.

아버지는 점점 아들에 대해서 냉정해져 갔다. 아들과 말도 않고 쳐다보지도 않았다. 아마 영영 희망이 없는 아들이라고 생각한 것 같았다. 줄리오는 슬픔과 피로로 얼굴이 창백해져 갔다.

언젠가는 이 일을 그만두어야 한다는 것을 알고 있어서 '오늘은 일어나지 말아야지.' 하고 결심하지만, 밤 12시를 알리는 시계 소리가 들리면 그냥 누워 있을 수가 없었다. 일어나지 않으면 왠지 다른 가족들에게서 1리라를 훔쳐 내는 것 같았다.

어느 날 식사 중에 어머니는 줄리오의 기운 없고 창백한 얼굴을 보고 걱정이 되어 말했다.

"줄리오야, 어디가 아픈 게로구나. 여보, 저 애의 창백한 얼굴을 좀 보세요. 몹시 아픈가 봐요."

아버지는 줄리오를 흘끗 보고 내뱉듯 말했다.

"마음씨가 나쁘니까 몸마저 나빠지는 것이지. 네가 공부 잘하고 착한 아이라면 그렇게는 되지 않을 거다."

아버지의 말은 줄리오의 가슴을 아프게 찔렀다.

"전에는 내가 기침만 해도 근심하던 아버지가 이제 나를 사랑하지 않으시는구나. 아버지의 사랑을 받지 못하고 살아갈 수 있을까? 지난 일을 모두 말하고 공부를 해야겠다. 이제는 정말 밤일을 그만두어야지."

그러나 밤 12시가 되자 저절로 일어나고 말았다. 마지막으로 오늘 밤 한 번만 더 써야지 하고 펜을 잡았다. 그 순간 책이 '탁!' 하고 마룻바닥에 떨어졌다.

줄리오는 깜짝 놀라 누가 듣지나 않았나 하며 귀를 기울였다. 다행히 아무도 모르는 듯 조용해 줄리오는 안심하고 이름을 쓰기 시작했다.

봉투가 점점 쌓여 감에 따라 밤도 깊어 가고, 멀리서 개 짖는 소리만 들려왔다.

봉투를 쓰는 데 너무 열중해서 줄리오는 아버지가 등 뒤에 서 있는 것도 몰랐다. 책 떨어지는 소리를 듣고 오신 모양이었다. 갑자기 커다란 손이 줄리오의 머리 위에 가볍게 닿았다. 줄리오는 놀라 소리쳤다.

"아, 아버지! 용서해 주세요."

아버지는 울고 있었다.

"너야말로 아버지를 용서해 다오. 이제 모든 걸 알았다. 그

55

만두고 이리 오너라.”

아버지는 줄리오를 안아 침대로 갔다.

“고마워요, 아버지.”

아버지는 줄리오의 침대 곁에서 떠나지 않고 그의 손을 잡아 주었다.

“줄리오, 얼른 자거라.”

피로한 줄리오는 이내 잠이 들었다. 몇 달 만에 참으로 달콤한 잠이었다.

잠이 깨었을 때는 햇빛이 찬란히 빛나고 있었다. 침대 옆에는 머리가 하얗게 센 아버지가 엎드려서 잠들어 있었다. 밤새도록 아들 곁을 떠나지 않고 그대로 주무신 모양이다.

사랑의 학교

1월

대장간의 프레코시

10일 화요일

책을 많이 가지고 있는 스타르디뿐 아니라, 대장간의 프레코시도 존경한다. 프레코시는 우리 집 다락방에서 살고 있다.

늘 슬픔이 어린 눈으로 공부만 하는 프레코시. 마음이 약해 멈칫멈칫하며 누구에게나 "미안하다. 미안하다." 하고 빌기 잘하는 프레코시. 그의 아버지는 팔 힘이 아주 센 분으로 대장간에서 일하는데, 술을 너무 좋아하는데다 취하면 언제나 행패를 부려 평이 나쁘다.

까닭 없이 자기 아들 프레코시를 때려 주고, 교과서와 공책을 내던져 프레코시는 날마다 새파랗게 질린 얼굴로 학교에 온다. 그런데도 프레코시는 자기 아버지를 감싼다.

"프레코시, 아버지한테 또 맞았니?"

"아냐, 우리 아버지는 혼내지 않으셔."

선생님이 프레코시가 애써 한 숙제가 반이나 새까맣게 탄 것을 보고 물어보셨다.

"프레코시, 네가 태운 거 아니지?"

프레코시는 떨리는 목소리로 대답했다.

"제가 불에 떨어뜨려서 태웠어요……. 잘못했어요, 선생님."

프레코시가 뭐라 해도 그 애 아버지가 좋은 사람이 아니라는 것을 다들 알고 있다. 나는 프레코시가 가끔 울면서 계단을 내려오는 것을 본 적이 있다. 어떤 날 실비아 누나는 옥상에서 프레코시가 우는 소리를 들었다고 한다. 그날, 프레코시는 아버지에게 문법책 살 돈을 달라고 했는데, 아버지가 화를 내며 아들을 계단에서 떠밀었다는 것이다.

프레코시는 점심밥을 못 싸올 때가 많다. 가르로네나 선생님, 그리고 누구든 눈치를 채면 그에게 밥을 나누어 주고 사과를 주기도 하지만, 늘 배를 곯고 있는 것 같았다. 그래도 프레코시는 절대로 아버지가 점심을 못 먹게 한다는 말은 하지 않는다.

프레코시는 집에 가서도 마음놓고 공부를 할 수 없다. 그러나 그는 공부를 무척 좋아했다. 틈만 있으면 옥상이나 아파트 계단에 걸터앉아 공부를 했다. 나는 프레코시가 마음놓고 공부할 수 있다면 반에서 제일 성적이 좋을 것이라고 생각한다. 항상 슬픈 얼굴을 하고 있는 프레코시에게 단 한 번만이라도 기쁜 얼굴을 갖게 해 주고 싶다.

마침 내일 코레티와 데로시, 넬리가 우리 집에 놀러 오기로

해서 프레코시에게도 놀러 오라고 했다. 어려운 환경에서도 꾹 참고 용기를 가진 프레코시를 나는 존경한다.

즐거운 하루

12일 목요일

오늘은 1년 중 가장 멋진 날이었다. 오후 2시에 데로시와 코레티가 곱사등이인 넬리와 함께 놀러 왔다.

그들은 오는 중에 붉은 머리 크로시를 만났다고 했다. 크로시는 커다란 양배추를 지고 다니면서 팔아 펜을 살 것이라고 했고, 아버지가 곧 미국에서 돌아온다며 싱글벙글 뛰어가더라고 했다.

우리는 두 시간 동안 재미있게 놀았다.

장작 파는 코레티는 오늘도 장작을 나르고 왔다며, 부엌에 가서 일하는 사람에게 물었다.

"우리 집에서는 장작을 10킬로그램에 45전 받는데, 여기의 장작은 얼마에 샀나요?"

또, 자기 아버지가 전쟁 때, 움베르토 전하와 함께 있었다고 자랑스럽게 말했다.

데로시는 선생님처럼 무엇이든지 잘 알고 있었다.

"나는 눈을 감으면 이탈리아 지도가 머리에 환히 떠오른다. 아펜니노산맥에서 이오니아해에 이르기까지 강, 동네, 만, 섬 등을 다 꿰고 있지."

곱사등이인 넬리는 몸집이 큰 아이들 틈에 끼어 즐거운 듯이 싱글벙글했다.

돌아갈 때, 그들이 넬리를 가운데 세우고 부축하듯 손을 잡고 가는 것을 보니 기분이 참 좋았다.

그들이 가고 난 뒤, 식당 벽에 걸려 있던 곱사등이 어릿광대의 그림이 보이지 않아 물어보았더니, 넬리가 볼까 봐 아버지가 미리 떼어 놓으셨단다.

퇴학당한 프란티

21일 토요일

대왕 기념일에 데로시가 식사를 낭독하는데, 프란티가 웃었다. 친구들은 모두 프란티를 싫어한다. 가르로네 앞에서는 벌

벌 떨면서도 꼬마 미장이나 곱사등이인 넬리, 그리고 한쪽 손을 잘 못 쓰는 크로시 등 약한 아이들을 못살게 구는 것도 프란티였다.

능글맞은 프란티 얼굴을 보면 소름이 끼친다. 그는 무서운 게 없고, 선생님 말을 듣지 않을 뿐더러, 남의 것을 훔치고도 뉘우침이라곤 조금도 없다.

아들이 나쁜 짓만 하자 그 애 어머니는 병이 났고, 아버지는 그 애를 세 번이나 내쫓았지만, 아무 소용이 없었다.

프란티는 선생님이나 학급 친구들을 싫어하고, 학교까지 싫어한다. 선생님이 전에 그에게 3일간 정학 처분을 내린 적이 있었다. 그랬더니 프란티는 아주 기뻐했고, 그동안 놀러 다니다가 나흘째 되는 날 학교에 왔을 때는 더욱 나쁜 아이가 되어 있었다.

오늘 프란티는 또 말썽을 부렸다. 아주 큰 말썽이었다. 선생님이 매달 하시는 '선생님의 이야기'를 옮기라고 가르로네에게 종이를 주는데, 프란티가 갑자기 폭죽을 터뜨려서 교실이 떠나갈 듯 큰 소리가 났다.

"프란티, 학교에서 나가거라!"

언제나 얌전하시던 페르보니 선생님도 참다 못해 프란티를 잡아끌고 교장실로 가셨다.

잠시 후, 혼자 교실로 돌아오신 선생님은 괴로운 표정으로 말씀하셨다.

"30년 동안 학생들을 가르쳐 왔지만, 이런 일은 처음이다. 저 애만은 어떻게 해야 좋을지 모르겠구나!"

그때, 데로시가 일어나서 말했다.

"너무 슬퍼 마세요, 선생님. 우리들은 모두 선생님을 사랑하고 있습니다."

"고맙다, 데로시. 자, 그러면 다시 수업을 계속하자."

프란티의 어머니

28일 토요일

오늘 종교 시간에 교장 선생님이 데로시에게 "전능하신 하느님 아버지, 하느님의 축복이 어디에나……."

라는 시를 외어 보라고 하셨다.

그러자 데로시를 시기하는 보티니가 얼른 일어나 말했다.

"제가 대신 하겠습니다."

나는 보티니를 좋아하지만, 이렇게 데로시를 시기하는 모습을 드러내는 것에 약간 실망스러웠다.

보티니는 떠듬떠듬 시를 읊더니 끝머리에 가서는 완전히 잊어버려 창피를 당했다.

그때, 어떤 여인이 교실 문을 열었다. 프란티의 어머니였다.

눈을 맞아 온몸이 흠뻑 젖은 프란티의 어머니는 아들을 끌고 교실로 들어섰다.

"교장 선생님, 부탁입니다. 한 번만 더 이 아이를 학교에 다니게 해 주십시오. 3일간 집에 있는 동안, 이 애 아버지 몰래 숨겨 두었습니다. 남편이 알면 아들을 죽이려 들 거예요. 선생님, 어떻게 하면 좋을지 모르겠습니다."

교장 선생님이 프란티의 어머니를 밖으로 데리고 나가셨다. 프란티 어머니는 교장 선생님께 매달렸다.

"교장 선생님, 저는 이 아이 때문에 갖은 고생을 다 했습니다. 선생님께서 그걸 아시면 저를 동정하실 겁니다. 저는 오래 살지 못합니다. 죽기 전에 이 아이가 잘되는 걸 보았으면 원이 없겠습니다."

프란티 어머니는 큰 소리로 울면서 매달렸다.

"그래도 자식이니 어떡합니까? 교장 선생님, 저희 집에 불행

이 나지 않게 한 번만 봐 주세요. 어미인 저를 생각하셔서 한 번만……."

프란티 어머니는 손으로 얼굴을 가리고 울었으나, 프란티는 천연스럽게 아래만 내려다보고 있었다.

교장 선생님은 프란티를 한참 바라보다가 말씀하셨다.

"프란티, 네 자리로 가거라."

프란티 어머니는 겨우 안심한 듯한 표정을 지었다.

"고맙습니다, 선생님. 고맙습니다."

프란티 어머니는 눈물을 닦으며 부탁했다.

"프란티, 열심히 공부해라. 여러분, 이 아이를 용서해 주세요. 교장 선생님, 정말 감사합니다."

저 아래층에서 프란티 어머니의 기침 소리가 들려왔다.

교실 안이 조용해지기를 기다렸다가, 교장 선생님이 프란티를 바라보고 무거운 목소리로 말했다.

"프란티, 너는 어머니를 죽이고 있다."

모두들 프란티를 쳐다보았다. 그러나 그는 히죽히죽 웃고 있었다.

북 치는 소년

1848년 7월 24일, 이탈리아군과 오스트리아군 사이에 전투가 일어난 첫날이었다.

이탈리아군 1연대에 속해 있던 한 소대가, 고지 위에 있는 2층집을 점령하라는 명령을 받고 떠났다.

소대장인 대위 밑에는 부관인 중위 한 사람, 그리고 몇 명의 장교와 선임 하사가 있었다. 대위가 인솔하는 이 소대가 점령하려는 고지는 높지 않았지만 몹시 험한 산이었다.

고지에 올라가는 동안, 대위가 이끌던 소대는 아무런 저항도 받지 않고 올라갔다. 대위는 집 안으로 들어가 2층 유리창을 통해 사방을 둘러보았다. 오스트리아군이 얼마 떨어지지 않은 곳에 있을 텐데, 아무런 저항이 없어 오히려 불안했다.

모두가 잠든 듯 조용하던 이 고지에 갑자기 요란한 총성이 울려퍼졌다. 오스트리아군이 쏜 총탄이 대위가 있는 집의 유리창 문을 뚫었다. 지도를 펴놓고 무엇인가 곰곰 생각하던 대위는 두려운 표정 없이 조용한 목소리로 말했다.

"대원들은 자기가 맡은 자리로 돌아가 내 명령을 기다리고
있도록 하라!"

소대원들은 총을 들고 창가에 서서 산 밑을 노려보았다. 대
위도 2층 창에서 산 밑을 내려다보았다. 산을 기어오르는 오
스트리아군이 언뜻언뜻 눈에 띄었다.

"얼마든지 오너라, 다 잡아 주마."

대위는 오스트리아군에서 눈을 떼지 않고, 권총을 뽑아 탄알을 재며 말했다.

대위는 나이가 좀 많아 보이고 회색 수염을 기르고 있었다. 키는 크고 몸집은 호리호리했는데, 얼굴 표정은 엄하며, 두 눈은 타는 듯 빛나고 있어, 그가 얼마나 많은 전투를 하였는지 잘 말해 주는 듯했다.

대위는 아래층으로 뛰어내려가 큰 소리로 외쳤다.

"놈들이 좀 더 가까이 오도록 기다렸다가, 내가 총을 쏘는 것을 신호로 사격을 하라!"

모든 대원의 얼굴에는 꼭 이겨야 한다는 비장한 결심이 서려 있었다. 그 가운데 나이 어린 소년이 있었다.

열네 살이라고 하지만 열두 살밖에 안 된 듯 앳되고, 움푹 들어간 눈에는 까만 눈동자가 별빛처럼 반짝였다.

그는 전쟁터에서 신호로 쓰는 북을 치는 소년이었다. 소년은 키가 작아 책상을 가져다 창에 대 놓고 그 위에 올라서서 벽에 기대어 총을 겨누고 있었다.

오스트리아군은 포위를 하며 다가왔다.

대위의 명령을 초조히 기다리는 이탈리아 병사들의 귀에 드디어 낯익은 권총소리가 들렸다. 죽은 듯 조용하던 집 안이 요란한 총소리로 떠나갈 듯했다. 소대원 60명이 쏘아 대는 총소리로 귀가 멍할 정도였다.

대위는 2층에서, 포위해 다가오는 오스트리아군을 노려보며, 명령을 내렸다.

"왼쪽을 조심해라. 정면에 인원을 배치하라."

싸움은 점점 치열해졌고, 창문에 붙어서 용감하게 싸우던 이탈리아 병사들이 하나둘 쓰러졌다. 이 방 저 방 뛰어다니며 부상병들을 옮기는 위생병들이 정신을 차리지 못할 정도였다.

바깥만 노려보고 있던 대위는 다시 아래층으로 내려왔다. 대위를 보자 부상병들은 팔과 머리를 내저으며 살려 달라고 부르짖었다. 부상자들 가운데 몇 사람은 벌써 죽어 있었다. 대위는 슬프고 괴로운 표정이었다. 대위는 급히 2층으로 뛰어올라갔다. 선임 하사도 그의 뒤를 따라 올라갔다. 그로부터 몇 분 뒤, 선임 하사가 뛰어내려오더니, 창에 붙어 서서 열심히 총을 쏘고 있는 소년에게 따라오라는 눈짓을 했다.

소년이 선임 하사를 따라 2층 위 다락방으로 올라가자, 대위가 창에 기대어 연필로 급히 무엇인가 쓰고 있었다.

대위는 그 종이를 접더니 소년을 흘금 보았다. 대위의 발 밑에는 굵은 밧줄이 있었다. 대위는 무엇인가 한참 생각하며 소년의 까만 눈을 보더니, 접은 종이를 불쑥 내밀었다.

"고수!(북 치는 사람)"

소년은 깜짝 놀라 급히 경례를 했다.

"너 용기 있지?"

"그렇습니다, 소대장님."

소년의 눈이 반짝 빛났다. 무슨 일인지는 모르나 대위가 말하려는 것이 아주 중요한 일인 것 같아 긴장이 되었다.

"저 아래를 봐라."

대위는 소년에게 말했다.

"저기 들 가운데 있는 집 근방에 대검이 반짝거리는 게 보이지? 우리 나라 군인들이 꼼짝 않고 있는 거다."

소년은 대위가 가리키는 곳을 뚫어지게 바라보았다.

"너는 이 뒤쪽 창문으로 밧줄을 타고 절벽 아래로 내려가라. 그리고 밭 사이로 해서 저기 있는 우리 본대까지 가야 한다. 거기 가서 제일 먼저 만나는 군인에게 이 종이를 전해라."

소년은 대위에게서 받은 종이를 안주머니에 깊이 넣었다. 선임 하사는 창문을 열고 밧줄을 밖으로 던져 한쪽 끝을 꼭 잡아 맸다.

"우리 소대가 사느냐 죽느냐는 네 용기와 네 두 다리에 달려
있다. 힘껏 뛰어라."

대위가 걱정스럽게 말하자 소년은 힘차게 대답했다.

"염려 마십시오, 소대장님."

창문을 넘어 밧줄을 타고 내려가는 소년의 얼굴에는 공포의
빛이 하나도 없었다.

"조심해라. 하느님이 너를 도와주시기를 빈다."

소년은 작은 몸으로 절벽을 다람쥐처럼 타고 내려갔다.

대위는 창문 곁에서 소년이 절벽 아래로 기어 내려가 비탈길

을 날아갈 듯 뛰어내려가는 모습을 꼼짝 않고 지켜보았다. 대위는 소년이 오스트리아 군인들에게 들키지 않고 본대까지 가기를 기도했다. 그런데 소년이 비탈을 거의 다 내려갈 무렵, 소년이 달리는 길에 먼지가 풀썩풀썩 일었다.

"앗! 오스트리아 놈들에게 들켰구나!"

그 먼지는 오스트리아군이 소년을 향해 쏜 총탄 때문에 인 것이었다.

오스트리아 군인들은 소년을 향해 연신 총을 쏘아 댔다. 그러나 소년은 죽을 힘을 다해 달렸다. 갑자기 소년이 쓰러졌다.

"총에 맞았구나!"

대위는 부르르 떨었다.

그러나 대위의 신음 소리가 미처 사라지기도 전에 소년은 벌떡 일어나 다시 달렸다. 대위는 안도의 한숨을 내쉬었다. 소년은 다리를 저는 것 같았다.

"발목을 삐었나?"

소년의 앞과 뒤에서 먼지가 풀썩풀썩 일어났다. 그러나 소년은 계속해서 달렸고, 대위의 눈에서 점점 멀어져 갔다. 대위는 여전히 꼼짝 않고 서서 눈으로 소년의 뒤를 따라갔다. 지금은 일분 일초가 급했다. 만일 소년이 즉시 구원하러 오라는 그 종이 쪽지를 본대에 전하지 못한다면, 소대원들 모두 죽음을 당하거나, 아니면 오스트리아군의 포로가 될 수밖에 없었다.

달리고 있던 소년의 걸음이 점점 느려졌다. 걷다가는 달리고, 달리다가는 걷더니 가끔씩 멈춰 서기도 했다. 소년의 행동

하나하나를 타는 듯한 눈으로 쏘아보고 있던 대위는, 초조와 불안에 떨리는 목소리로 혼자 중얼거렸다.

"총에 맞았나……?"

소년은 밀밭 사이로 뚫린 길에 들어섰다. 햇빛을 받아 밀밭은 금빛으로 빛나고 있었다.

대위는 소년에게서 눈을 떼지 않았다. 쌩쌩거리는 총소리, 총에 맞아 물건이 부서지는 소리, 찢어지는 듯한 부상병들의 부르짖음이 대위의 귀에 들렸다. 그러나 소년이 밀밭 사이에서 엎어지는 모습을 본 순간, 대위의 귀에는 아무것도 들리지 않았다.

"일어나라. 용기를 내. 빨리 뛰어가. 아, 일어났다. 용감하다. 자, 뛰어."

대위는 소년이 마치 자기 말을 듣는 듯이 명령을 내리고 격려를 했다. 그때 고함을 치며 부하들을 지휘하던 부관이 헐떡이며 뛰어왔다.

"소대장님, 적군이 항복하라고 소리치는데요."

"대답할 것 없다."

대위는 씹어뱉듯이 말하며 몸을 떨었다.

소년은 한쪽 다리를 질질 끌며 갔다.

"그래, 힘내라 힘. 저런, 사라졌네."

대위는 괴롭게 신음하듯 중얼거렸다.

밀밭 위로 소년의 머리가 보였는데 넘어졌는지 밀밭 속으로 사라졌다. 그러나 한참 있더니 다시 소년의 머리가 나타났다.

"죽지는 않았구나. 조금만 더 기운을 내라."

대위가 외치는 소리가 끝나기도 전에 소년의 머리는 다시 밀밭 속으로 사라지더니 더 이상 나타나지 않았다. 대위는 무서운 얼굴을 하고 아래층으로 뛰어내려갔다.

방 안에는 부상자들로 가득 찼고 그들의 신음 소리는 지옥과 같이 무섭게 들렸다. 벽이나 방바닥은 온통 피투성이가 되어 눈 뜨고는 볼 수 없이 참혹했다. 부관도 오른팔을 총에 맞아 으스러졌다.

이 모든 것을 둘러보던 대위는 노여움과 분함으로 눈을 부릅뜨고 외쳤다.

"모두들 용기를 내라. 구원병이 곧 올 것이다. 자기 자리를 지키고 조금만 더 용기를 내라."

오스트리아 군인들은 점점 가까이 다가왔다.

산이 떠나갈 듯한 요란한 총소리 사이사이에 그들이 항복하라고 외치는 소리가 들렸다. 항복하지 않으면 모두 죽여 버린다고 위협했다. 어떤 병사는 겁을 먹고 창에서 물러나기도 했다. 시간이 지날수록 이탈리아 군인들의 총소리는 줄어들고, 오스트리아 군인들의 포위망은 점점 좁혀 왔다. 그토록 용감하던 이탈리아 군인들의 얼굴에 실망과 공포의 빛이 뚜렷했다. 이대로 나가면 더 이상 저항을 할 수 없을 것 같았다.

대위는 용감하게 싸우면서 부하들을 위로하고 용기를 북돋워 주기 위해 갖은 노력을 다했다. 그런데 갑자기 오스트리아 군인들의 총격이 뜸해지더니 처음에는 독일말로, 다음에는 이탈리아 말로 외치는 소리가 들렸다.

"항복하라!"

대위는 이를 부드득 갈고는 목이 터지도록 대답했다.

"안 한다!"

그 소리가 신호라도 되는 듯, 총소리는 아까보다 더욱 심해졌다. 많은 이탈리아 병사들이 쓰러졌다. 대위도 이제는 최후의 순간이 다가왔다는 것을 느꼈는지 신음하듯 내뱉었다.

"오지 않는구나."

대위는 미친 듯이 떨리는 손으로 옆에 차고 있던 큰칼을 빼더니 집 안으로 뛰어들어갔다.

그때, 위층에 있던 선임 하사가 뛰어 내려오며 외쳤다.

"옵니다. 구원병이 와요!"

대위는 환호성을 지르며 다시 아래층으로 내려갔다.

그 소리를 들은 이탈리아 군인들도 모두 창문 쪽으로 달려갔다. 저항은 다시 맹렬해졌다. 이탈리아군은 이 싸움에서 꼭 이기고야 말겠다는 결의에 찬 표정들이었다.

오스트리아군의 총소리가 점점 약해졌다. 그러자 대위는 성난 듯한 표정으로 소리쳤다.

"부상을 입지 않은 전우는 대검을 꽂아라!"

백병전을 하러 집을 뛰쳐나가려는 것이었다.

그때, 갑자기 굉장한 고함 소리와 함께 땅이 흔들릴 듯한 말발굽 소리가 들렸다. 자욱한 먼지와 연기 사이로 이탈리아 기병대가 보였다.

이탈리아 기병대는 오스트리아군을 맹렬히 추격하였다.

"자, 밖으로 나가자!"

대위는 성난 사자처럼 외치며, 발길로 문을 걷어차고 미친 듯 뛰쳐나갔다. 그가 빼어 든 긴 칼이 햇빛에 번쩍였다.

이탈리아 병사들은 용기백배해서 "와~!" 함성을 지르며 앞장선 대위의 뒤를 따랐다.

붉게 노을이 진 산등성이 위에서 무서운 백병전이 벌어졌다.

오스트리아군은 후퇴하기 시작했다. 허둥지둥 골짜기로 쫓겨 달아나는 그들을 이탈리아군은 맹렬히 추격했다.

산골짜기에 어둠이 덮일 무렵, 싸움은 이탈리아군의 승리로 끝났다. 전쟁터 여기저기에서 부상병들의 신음 소리가 들렸고, 양쪽 군대의 시체가 널려 있었다.

오늘 싸움은 이탈리아군의 승리로 끝났으나, 멀지 않은 곳에 오스트리아군 진지가 있었다. 그들은 언제 다시 공격해 올지 모른다. 그래서 이탈리아군은 안심할 수 없었다.

대위는 고지 위 집으로 돌아와 쉴 사이도 없이, 다음 싸움을 준비했다. 싸움이 끝난 고지는 다시 죽은 듯이 조용해졌다. 대위는 병사들을 창가에 배치해 경계를 시켜 놓고 2층으로 올라갔다.

다행히 그날 저녁은 오스트리아군의 공격이 없이 조용히 지나갔다. 그러나 병사들이 지쳐서 깊이 잠든 이른 새벽, 오스트리아군은 대위가 예상했던 대로 다시 공격을 해 왔다. 이탈리아 병사들은 어제 싸움 못지않게 영웅적으로 대항했으나, 숫자가 훨씬 많은 오스트리아군에게 오래 견딜 수 없었다. 대항을 해 봐야 전멸할 수밖에 없음을 안 대위는 부하들과 함께 26일 아침에 후퇴를 했다. 대위뿐 아니라 부하 가운데 성한 사람

은 하나도 없었다.

　이틀이나 계속된 싸움으로 지칠 대로 지친 그들은 몸을 끌다시피 하며 걸었다. 걷는 중에 말하는 사람은 아무도 없었다. 성난 사자처럼 싸우던 부하들이 금방이라도 쓰러질 듯 비틀거리며 걷는 것을 보고, 대위는 자기도 모르게 주먹을 쥐고 이를 악물었다.

　그날 해가 질 무렵, 대위는 병사들을 쉬게 하고 야전 병원을 찾아갔다. 오른쪽 팔에 심한 부상을 입었던 부관을 찾아보려는 것이었다. 야전 병원은 성당을 임시로 사용하고 있었다.

　성당 안으로 들어가자, 성당은 부상병들로 꽉 차 있었다. 병사들이 눈앞에서 쓰러지고 죽고 하는 모습을 이제까지 수없이 보아 온 대위였지만, 몸을 비틀고 머리를 쥐어뜯으며 미칠 듯 부르짖는 부상병들의 신음 소리를 들으니 숨이 막힐 것 같았다. 대위는 나가고 싶은 것을 억지로 참고 사방을 두리번거리며 부관을 찾았다.

　그때, 바로 곁에서 낯익은 앳된 목소리가 들렸다.

　"소대장님."

　대위가 깜짝 놀라 얼굴을 돌리니, 북 치는 소년이었다. 하얀 무늬를 놓은 빨간 커튼을 가슴 위까지 덮고 야전 침대 위에 누워 있었다. 양팔은 아주 야위었고 얼굴은 백지장처럼 하얬다. 까만 그의 두 눈은 흑진주처럼 빛났다.

"아니, 네가……?"

대위는 놀라 물었다.

"어쩔 수 없었습니다. 그러나 제 의무는 다했습니다."

"그래, 너는 의무를 훌륭히 완수했다."

대위는 근방에 놓인 침대를 둘러보았다. 혹시 부관이 있지 않나 해서였다.

소년은 다시 말을 이었다.

"편지를 전하러 가다가, 그만 적군에게 들키고 말았습니다. 그렇다고 숨어 있을 수도 없어서 계속 뛰어갔는데, 불행히 다리에 총알을 맞고 말았습니다. 그렇게 다치지만 않았어도 20분은 더 빨리 편지를 전했을 텐데……. 본대에서 그리 멀지 않은 곳에서 편지를 전해 줄 만한 대위님을 봤는데, 그분은 제 소리를 알아듣지 못하고 그냥 지나쳤습니다. 너무 지쳐서 크게 소리칠 기운이 없었거든요."

소년이 피로한 듯 잠깐 말을 끊자, 대위는 이해한다는 듯이 고개를 끄덕였다.

소년은 다시 말을 이었다.

"저는 금방이라도 쓰러질 듯 너무나 지쳐 있었고 목이 말랐습니다. 우리 본대에까지 가지도 못하고 죽을까 봐 걱정되었습니다. 제가 한 걸음 늦을 때마다 한 사람씩 죽는다는 생각을 하니 눈물이 흘렀지만, 마음과는 달리 몸이 말을 듣지 않아 안타깝기만 했습니다."

그 순간의 일이 다시 머리에 떠올랐는지, 혹은 이야기하느라 힘들어서였는지 소년은 별처럼 반짝이는 눈을 살며시 감았다. 대위는 가엾은 소년의 모습을 보자 눈시울이 뜨거워졌다. 대위는 소년의 머리를 쓰다듬으며 말했다.

"네가 그처럼 훌륭하게 자신의 임무를 완수했기에, 우리 소대원이 살았고 또 싸움에서 이겼다."

"소대장님, 감사합니다. 그러나 제가 좀 더 일찍 연락을 했더라면 여러 사람들의 생명을 더 구했을 게 아닙니까? 그러나 제가 할 수 있는 데까지는 다했다고 생각합니다."

그러더니 소년은 갑자기 말했다.

"소대장님, 피가 흐르지 않습니까?"

붕대를 미처 잘 매지 못한 대위의 손에서 피가 흘러 손가락 사이로 피가 방울방울 떨어졌다.

"제가 다시 매 드리지요. 손을 이쪽으로 내밀어 주세요."

대위는 왼쪽 손을 내밀었다. 붕대를 다시 매려고 일어나 앉으려던 소년은 얼굴이 더욱 창백해지더니 쓰러지고 말았다.

"그대로 누워 있거라. 괜찮다."

대위는 자꾸 손을 내밀어 붕대를 잡으려는 소년을 말리며 말했다.

"내 걱정은 말고, 네 몸이나 조심해라."

소년을 그 말을 듣더니 미소를 지었다.

대위는 소년을 한참 내려다보다가 말했다.

"이렇게까지 쇠약해진 것을 보니 피를 많이 흘렸나 보구나."

소년이 이불처럼 덮고 있던 커튼을 젖혔다. 대위는 저도 모르게 뒤로 주춤 물러섰다.

소년은 다리가 하나밖에 없었다.

왼쪽 다리가 무릎 위에서 잘려 있었는데, 잘린 자리를 동여맨 붕대에는 피가 배어 나와 검붉게 엉겨 있었다. 대위는 아무 말도 못 하고 소년의 얼굴과 잘린 다리를 번갈아 보았다.

마침 그때, 군의관이 지나가다가 소년 곁에 대위가 있는 것을 보고 다가와서 말했다.

"소대장님."

군의관은 소년을 가리키며 말했다.

"운이 나쁜 경우라는 게 이 소년의 경우입니다. 이 소년이 미련하게 무리를 하지 않았더라면 이렇게까지 가엾게 다리를 잘라 내지 않았을 것입니다. 부상을 심하게 당한데다가 그 다리를 무리하게 사용했기에 그만 몹쓸 놈의 염증이 생겨 어쩔 수 없이 자르고 말았답니다. 그런데 정말 놀랐습니다. 다리를 자를 때, 눈물을 흘리거나 조금도 소리를 지르지 않더군요. 저는 수술을 하면서도 이 소년이 이탈리아 소년인 것을 얼마나 자랑으로 여겼는지 모릅니다. 참으로 훌륭한 소년입니다."

말을 마친 군의관은 다시 한 번 소년의 상처를 가볍게 쓸어 주고 다른 곳으로 뛰어갔다.

군의관이 가고 나자, 대위는 괴로운 듯 검고 큰 눈을 찡그린 채 소년을 한참 바라보다가, 이불을 도로 잘 덮어 주었다. 그리고 조용히 손을 들어 군모를 벗고 소년의 예쁜 눈을 들여다보았다.

"소대장님, 무얼 하시는 겁니까?"

소년이 놀라 묻자, 일찍이 부하에게 부드러운 말이라고는 한마디 해 본 적 없는 엄한 군인이, 말할 수 없이 다정하고 부드러운 목소리로 말했다.

"나는 한 사람의 대위에 지나지 않지만, 너는 이탈리아의 훌륭한 영웅 중의 한 사람이다."

대위는 다정한 아버지가 오래 떨어져 지내던 귀여운 아들을 다시 만난 것처럼, 소년을 껴안고 그 가슴에 따뜻이 입을 맞추어 주었다.

대위와 소년의 눈에는 눈물이 어려 있었다.

사랑의 학교

2월

뜻밖의 수상자

4일 토요일

오늘 아침, 학교에 장학관이 왔다. 장학관은 성적이 올라간 아이와 노력을 한 아이에게 상으로 메달을 주려고 매년 온다. 흰 수염을 늘어뜨리고 검은 양복을 입은 장학관은 수업이 끝나기 15분 전에 교장 선생님과 같이 교실로 들어왔다.

올해는 누가 메달을 타게 될까 모두들 소곤거렸다. 우등생인 데로시가 일등상 메달을 받았다.

그 뒤 장학관이 교장 선생님과 페르보니 선생님과 무엇인가 한참 이야기하더니 소리를 높여 말했다.

"프레코시, 이등상 메달은 네가 받는다."

이 말을 듣고 모두들 놀랐다. 더욱 놀란 것은 프레코시 자신이었다.

프레코시는 언제나처럼 영양 부족으로 누렇게 뜬 얼굴로 마치 야단이나 맞은 것처럼 비실거리며 일어섰다. 소매를 둘둘 말아 올린 어른 저고리에 때묻은 바지를 질질 끌면서 고개를 푹 숙인 채 장학관의 눈을 피해 앞으로 나갔다. 누구나 알 수 있는 선량한 그 눈, 항상 슬퍼 보이며 참을성이 많아 보이는 그 눈은 프레코시의 착한 성격을 말해 주었다.

그 모양을 한참 바라보던 장학관은 정이 넘치는 목소리로 말했다.

"프레코시, 너는 성적이 좋고 언제나 열심히 공부할 뿐 아니라 착한 마음을 가지고 있기에, 그 마음씨를 모두가 존경하고 있음을 인정한다. 너야말로 이 메달을 받을 만한 훌륭한 학생이다."

장학관은 프레코시 가슴에 메달을 달아 주고, 우리들에게 말했다.

"여러분, 프레코시가 메달을 받을 만한 자격을 가지고 있다고 생각하지요?"

"네."

모두들 한 목소리로 대답했다.

프레코시는 고개를 약간 갸웃거리며 고맙다는 듯이 우리를 둘러보았다.

"이제 자리로 돌아가거라."

장학관은 나갔다.

우리들도 교실을 나와 집으로 가려고 하는데, 마침 프레코시의 아버지가 와 있었다. 건들거리며 긴 머리카락을 늘어뜨리고 험상궂은 얼굴을 하고 있었다. 페르보니 선생님이 곁에 있던 장학관에게 무엇인가 속삭이자 장학관은 급히 프레코시의 손을 잡고 그의 앞으로 갔다.

"이 아이 아버지시죠? 축하합니다. 이 애는 오늘 54명의 학생들 중에서 이등상 메달을 탔습니다. 작문이나 수학도 잘하고 퍽 영리한 학생으로, 앞으로 훌륭히 자라날 겁니다. 누구한테서나 사랑과 존경을 받으니 자랑할 만한 아드님입니다."

프레코시는 아버지의 안색을 살피며 떨고 있었다.

그의 아버지는 놀란 듯했다. 아무 말도 못 하고 아들을 바라보기만 했다. 아들의 가슴에는 메달이 반짝반짝 빛나고 있었다. 순간 아버지의 얼굴은 슬픔으로 찡그려졌다.

그는 갑자기 프레코시의 머리를 가슴에 꼭 안았다.

처음으로 자기가 이 작은 아들을 고생시켰구나 하는 생각이 든 것 같았다. 프레코시의 아버지는 자기 가슴에서 훌쩍이고 우는 프레코시의 머리를 언제까지나 꼭 껴안고 있었다.

우리들은 프레코시와 그의 아버지께 인사를 하며 그 앞을 지나갔다.

기차 선물

10일 금요일

어제 프레코시와 가르로네가 우리 집에 놀러 왔다. 크로시도 불렀으나 6년 만에 아버지가 미국에서 돌아왔기에 오지 못했다. 어머니가 프레코시에게 축하한다고 하자, 아버지가 어머니에게 가르로네도 소개하셨다.

"가르로네는 좋은 애일 뿐 아니라 훌륭한 신사야."

가르로네는 부끄러운지 내게 웃어 보였다.

프레코시는 아버지가 오늘까지 닷새째 술을 안 마시고 일을 하신다며 좋아했다.

나는 장난감을 내놓았다. 반가운 친구들이 와서 마음이 들떴다. 프레코시는 태엽을 감아 주면 움직이는 장난감 기차를 가지고 놀았다. 태엽을 감은 뒤 레일 위에 기차를 놓자마자 객차를 단 기관차가 움직였다. 프레코시는 기차의 아래위를 들여다보면서 더럽혀진 곳을 닦고, 아주 소중하게 다루며 즐겁게 놀았다. 나는 프레코시가 그처럼 즐거워하는 모습을 본 적이 없었다. 가엾은 그 아이는 아직까지 장난감을 가져 본 적이 없었던 것이다.

가느다란 목덜미, 언젠가 피가 맺혀 있던 귓불, 커다란 어른 저고리의 소매에 가느다란 손목이 나와 있는 프레코시…….

나는 갑자기 장난감 전부를 프레코시에게 주고 싶고, 입고 있는 내 양복마저 그에게 벗어 주고 싶은 생각이 들었다. 프레코시가 좋아하는 기차만이라도 꼭 주고 싶었다. 그러나 아버지에게 여쭈어 보지 않으면 안 되었다.

그때 아버지가 내 손에 조그만 종이 쪽지를 쥐여 주셨다. 살짝 펴 보니, 이렇게 씌어 있었다.

"저 기차가 프레코시 마음에 드는 것 같은데, 너는 어떻게 생각하니?"

나는 객차와 기관차를 프레코시 팔에 안겨 주면서 말했다.

"자, 이건 네 거야, 프레코시."

프레코시는 내 말을 못 알아들었는지 눈을 깜빡거리며 내 얼굴을 바라보았다.

"받아 줘. 네게 주는 선물이야."

프레코시는 깜짝 놀라 아버지, 어머니 얼굴을 번갈아 보았다.

"엔리코가 그것을 네게 주고 싶단다. 네가 메달을 받은 기념이다."

아버지가 대신 말해 주셨다.

"이걸 정말 받아도 괜찮을까요?"

"괜찮고말고."

프레코시는 너무 좋아서 말이 잘 나오지 않는 듯 더듬거리며 말했다.

"우, 우리 아버지 일터를 보러 와. 아버지가 만든 좋은 못을 줄게."

죄수

17일 금요일

어제 나는 놀라운 일을 보았다. 올 여름에 지낼 별장을 빌리기 위해, 아버지를 따라 몬칼리에리 교외로 갔었다. 별장 관리인은 그 마을의 선생님이었다. 그는 우리에게 별장을 안내해 주고는, 자신의 집으로 데리고 가 차를 대접해 주었다. 그런데 탁자 위에 놓인 특이하게 생긴 나무 연필꽂이가 눈에 띄었다.

선생님은 아버지가 그것을 한참 바라보고 있는 것을 보고 이렇게 말했다.

"지금 보시는 연필꽂이는 제게 무척 소중한 것이랍니다. 그

내력을 알려 드릴까요?"

우리는 차를 마시며, 그분의 이야기에 귀를 기울였다.

"몇 년 전에 제가 토리노에서 교사 생활을 하고 있을 때, 겨울 방학 동안 교도소에서 미결수들을 가르쳐 달라는 청을 받은 일이 있습니다. 그래서 그곳에 갔더니, 하얀 벽에 철창이 쳐져 있는 성당 안에 죄수들이 모여 있었습니다. 저는 도둑과 살인자들의 눈초리를 느끼며 수업을 했습니다. 그 가운데 78호 죄수가 있었는데, 누구보다 열심히 책을 읽고 가르침을 받는 것을 고맙게 여기는 듯했습니다. 검은 수염이 난 젊은 목수였는데, 자기를 구박하던 목공소 주인에게 화가 나 대패를 던졌는데, 그만 그것이 주인의 머리에 맞아 중상을 입혀서 감옥에 들어왔던 사람이었습니다. 악인이라기보다는 운이 나빴던 거지요. 그는 석 달 동안 책을 읽고 쓰는 법을 다 배웠습니다. 그는 이것저것 여러 책을 읽는 중에 차차 자신의 잘못을 뉘우치게 되었답니다. 어느 날, 그는 형이 확정되어 다음 날 아침 일찍 토리노를 떠나 베네치아 교도소로 가게 되었다고 슬픈 목소리로 말했습니다. 그리고 선생님 덕분에 여러 가지 책을 읽을 줄 알게 되었다며 참으로 고맙다고 했습니다. 그리고 헤어지는 표시로 제 손을 쥐어 보게 해 달라고 하기에 제가 손을 내밀었더니, 자기 볼을 대면서, '참으로 감사합니다.' 하고 되풀이해 말하더군요. 그때 제 손은 눈물로 젖어 있었습니다. 그 후 6년이 흘렀고, 저는 어느덧 그를 까맣게 잊어버렸지요. 그런데 그저께 아침, 머리가 희끗하고, 단정하지 못한 차림의 남자가 저를 찾아왔습니다. '토리노 교도소에서 공부를 가르치신 선생님이죠?' 그때 제 머리에 78호 죄수의 얼굴이 퍼뜩 떠올랐습니다. '선생님은 제게 처음으로 읽고 쓰기를 가르쳐 주셨습니다. 교도소에 있는 동안 선생님께 드리려고 만든 것인데 받아 주시기 바랍니다.' 그는 오랜 시간을 들여 꼼꼼히 조각한 듯한 연필꽂이를 내놓았습니다. 하도 뜻밖이라 제가 말도 못 하고 있으려니까, 그는 죄수가 만든 것이라서 받지 않는 줄 알고, 슬픈 표정을 지었습니다. 저는 당황해서 얼른 받고 고맙다는 인사를 했지요. 연필꽂이에는 '우리 선생님께' '78호 죄수의 기념품' '6년간 공부로 가지게 된 희망' 등의 글이 새겨져 있었습니다. 그게 바로 이 연필꽂이랍니다.”

　나는 이 이야기가 참으로 감동스러워 토리노로 돌아오는 동안 줄곧 그 일만 생각했다.

　오늘 학교에 갔을 때, 나는 데로시에게 이 이야기를 해 주었다. 나는 데로시에게 특이하게 생긴 연필꽂이, 묘하게 판 조각

문양, 거기에 새겨진 글자를 열심히 이야기했다.

데로시는 깜짝 놀라며 앞자리에 앉아 열심히 수학 문제를 푸는 크로시를 바라보았다. 그리고 목소리를 낮추어 속삭였다.

"크로시가 그러는데, 그와 꼭 같은 연필꽂이를 자기 아버지도 가지고 있대. 크로시 아버지가 요전에 미국에서 6년 만에 돌아오셨다고 했는데, 틀림없이 교도소에서 나오신 것 같아. 크로시가 어려서 그 애 어머니가 이런 것을 말하지 않았을 거야. 엔리코, 지금 그 이야기를 누구한테도 하면 안 돼. 알았지? 오늘 크로시 아버지가 그를 데리러 오는데, 될 수 있는 대로 친절하게 대하자."

나는 너무 놀라서 한참 동안 대답을 못 했다.

수업이 끝나고 교실에서 나오자 크로시가 아버지에게로 뛰어가는 게 보였다. 그의 아버지는 좀 야위고 초라하며 쓸쓸해 보였다.

나와 데로시는 뛰어가 크로시와 악수를 했다.

"잘 가, 크로시. 내일 만나자."

크로시 아버지는 우리가 그러는 것을 왠지 이상한 눈으로 보는 것 같았다. 우리는 그 표정을 보고 뜨끔했다.

대장간

18일 토요일

어제 저녁에 아버지와 함께, 동네에서 좀 떨어져 있는 프레코시의 아버지가 일하시는 대장간으로 놀러 갔다.

그 근처까지 가자, 꼬마 장사꾼 가로피가 외투를 펄럭이며 뛰어가는 게 보였다. 아마도 대장간에서 못 쓰는 철을 받아다가 고물상에 팔러 가는 것일 게다.

프레코시가 벽돌 위에 앉아 공부를 하고 있다가 반갑게 우리를 맞아 안으로 안내했다. 석탄 가루와 그을음이 잔뜩 있고, 벽에는 철로 만든 갖가지 연장이 걸려 있었다.

한 젊은이가 불 앞에서 풀무질을 하고, 프레코시 아버지는 다른 젊은이와 함께 빨갛게 단 쇠막대기를 두들기고 있었다.

프레코시 아버지는 우리를 보자 일손을 멈추고 모자를 벗으며 인사했다. 그리고 나에게 말했다.

"우리 애한테 기차를 준 학생이구나. 고맙다. 자, 지금부터 내가 무얼 만드나 잘 봐."

그분은 변한 것 같았다. 언제나 찌푸린 얼굴이었는데 아주 기운차고 명랑해 보였다.

젊은이가 새빨갛게 단 쇠막대기를 내밀자 그분은 이쪽 저쪽 둥글리며 두들겨 물속에 집어넣었다.

쇠막대기는 테라스나 난간에 쓰는 손잡이로 변해 갔다.

그것을 보고, 나는 참 훌륭하다고 느꼈다.

"우리 아버지 솜씨가 어때?"

자랑스럽다는 듯이 프레코시는 싱글벙글하며 자기 아버지를 바라보았다.

"참 훌륭하십니다. 이제는 일할 마음이 나셔서 그런지, 옛날 솜씨가 도로 나왔습니다."

나 대신 아버지가 칭찬하셨다.

"그렇습니다. 다 이놈 때문이지요."

그분은 좀 쑥스러운 얼굴로 말하며 프레코시를 바라보았다.

"아비는 매일 술만 마시고 지냈는데, 이놈은 공부를 열심히 해서 메달을 받아 아비 위신을 높여 주었거든요. 아비 되는 제가 창피하지 않습니까? 그래서 일을 해야겠다고 생각했지요."

아버지와 나는 기쁜 마음으로 대장간을 나왔다. 프레코시가 내 주머니에 묵직한 작은 주머니를 넣어 주었다.

"이거 아버지가 만든 못인데 갖다 써."

"고맙다, 프레코시. 20일 사육제 날에 우리 집에 놀러 와."

돌아오는 길에 아버지가 내게 말했다.

"네가 저 애한테 기차를 선물로 주었지만, 그런 선물로는 모자랄 만큼 훌륭한 아이다."

병이 나신 선생님

25일 토요일

학교에서 돌아오는 길에, 지난 달부터 쉬고 계시는 선생님께 병문안을 갔다. 선생님은 너무 과로하셔서 병이 났다. 매일 다섯 시간씩 수업을 하시고, 밤에도 야학 수업을 두 시간씩 하신다. 식사마저 제대로 못 챙기시고 무리를 하셔서 병이 난 거라고 어머니가 말해 주셨다.

현관 초인종을 누르자 가정부가 나와, 침침한 방으로 안내했다. 조그마한 쇠 침대에 누워 있는 선생님은 수염이 많이 자랐다. 선생님은 내 얼굴을 보더니 정이 넘치는 목소리로 맞아 주었다.

"오, 엔리코냐?"

침대 곁으로 다가가자, 선생님이 손을 내밀면서 말씀하셨다.

"선생님을 보러 와 주어 고맙다. 나는 아파서 아주 혼이 났다. 학교는 어떠냐? 반 친구들 모두 잘 있냐? 선생님이 없어도 모두들 열심히 공부하고 있겠지?"

전혀 아니라고 말하고 싶은데, 선생님이 다시 한숨을 쉬며 말했다.

"그렇지. 너희들은 선생님을 싫어하지 않으니까 분명 잘들 할 거야."

나는 아무 말도 못 하고 벽에 죽 걸려 있는 사진들만 바라보았다.

"그게 무슨 사진인지 아니?"

"……."

"저것은 20년 동안 선생님에게 사진을 준 아이들이다. 다 착한 아이들이지. 나는 저 아이들 속에서 일생을 살고, 죽을 때도 그들을 바라보며 죽을 것이다. 너도 초등학교 졸업할 때 선생님에게 사진을 주겠지?"

선생님은 머리맡에 놓여 있는 오렌지 하나를 내 손에 쥐여 주셨다.

"줄 게 없구나!"

왜 그런지 나는 슬퍼졌다.

선생님은 이런 말도 하셨다.

"건강이 좋아지기는 하지만, 혹시 모르니까 너에게 미리 당부한다. 너는 수학이 부족하니 더 열심히 공부해라. 자, 이제 돌아가거라. 선생님이 다 나으면 학교에서 만나자. 만일 그렇지 못해도 너를 귀여워했던 선생님을 잊어서는 안 된다."

그 말을 듣자 나는 눈물이 날 것 같았다.

선생님은 내 머리를 어루만지면서 인사하셨다.

"잘 가거라, 엔리코."

나는 울고 싶은 마음을 참으며 계단을 내려왔다.

아버지를 간호하는 아들

봄비가 부슬부슬 내리는 어느 날 아침이었다. 시골에서 올라온 듯한 한 소년이 보따리를 옆에 끼고 비를 맞으며 나폴리의 자선 병원을 찾아왔다. 소년은 간호사에게 편지를 보이며 물었다.

"아버지가 입원해 계신다는 소식을 듣고 왔어요."

소년은 나폴리에서 40리 떨어진 시골에 사는데, 작년에 일자리를 구하러 프랑스로 떠났던 아버지가 나폴리에 와서 병이 나 이 병원에 입원해 있다고 알려 오셨다고 했다. 어머니는 아픈 누이와 젖먹이 동생 때문에 오지 못하고 소년을 대신 보냈다는 것이다.

"아버지 이름이 뭐지?"

간호사가 묻자, 소년은 마음을 졸이며 이름을 댔다.

그러나 간호사는 그런 이름이 없다고 했다.

"외국에서 온 나이 많은 노동자니?"

"나이는 많지 않으신데요."

간호사는 생각이 났는지 따라오라고 했다. 간호사는 계단을 올라가 맨 뒤에 있는 커튼을 열었다.

"이분이 너의 아버지시다."

소년은 깜짝 놀라 울상이 되었다. 누워 있는 환자는 얼굴이 벌겋게 부어올랐고 고통스럽게 숨을 몰아쉬는데 곧 죽을 것 같았다.

"아버지, 치칠로예요. 절 알아보시겠어요? 아버지를 간호하러 왔어요."

그러나 아버지는 치칠로를 몰라보았다. 얼굴이 너무 부어 눈도 못 뜨고, 어느새 머리도 하얗게 세어 아버지 같은 데라고는 이마와 눈언저리뿐이었다.

"아버지, 제가 간호해 드릴 테니 빨리 나으세요."

소년은 제 볼에다 아버지 손을 갖다 대었다.

그때 간호사가 소년의 등을 가볍게 두드리며 말했다.

"괜찮으실 게다. 조금 있으면 의사 선생님이 오실 테니 잘 간호해 드려라."

잠시 후에 의사가 왔다. 아까 나갔던 간호사도 따라왔다.

"아버지는 어디가 편찮으십니까?"

소년의 떨리는 목소리를 듣고 의사는 한참 소년의 얼굴을 보더니, 환자의 아들이라는 간호사의 말을 듣고 진찰을 했다.

"기운을 내라. 네 아버지 병은 좀 중하신 편이다. 그러나 네가 간호를 잘해 드리면 꼭 나으실 게다."

"선생님, 아버지는 저를 전혀 몰라보십니다."

소년은 눈물을 흘렸다.

"이제 곧 너를 알아보실 게다. 기운을 내서 잘 보살펴 드려라."

의사는 다음 환자를 보러 갔다.

소년은 여러 가지 더 묻고 싶었지만, 뭘 어떻게 물어봐야 좋을지 몰라 가슴만 미어지는 것 같았다.

'만일 아버지가 돌아가신다면 우리는 어떻게 되나?'

소년은 파리를 쫓으며 아버지 손을 만져 보았다.

그날 밤, 소년은 의자를 두 개 놓고 아버지 곁에서 잤다.

아버지는 가끔 눈을 떠서 눈물을 흘리고 있는 소년을 의아한 듯 바라보았으나, 입안이 부어 말을 못 했다.

"네가 왔으니 꼭 나으실 게다."

소년은 의사 말에 희망을 가지고 열심히 간호했다.

아버지는 치칠로를 몰라보았지만, 약을 떠 드리면 미소를 짓고 안심한 듯 잠을 잤다.

소년은 간호사가 준 빵과 치즈를 조금 먹고, 종일 환자 곁을 떠나지 않았다. 3, 4일이 금방 지났다. 아버지가 눈을 뜨고 있으면, 소년은 얼굴을 가까이 대고 어머니에 대해서 조용히 말했다. 그러면 환자는 고마운 듯 입술을 억지로 쫑긋거리며 무엇인가 말하려는 것 같았다.

"아버지, 기운을 차리세요. 빨리 나아 저와 같이 어머니가 있는 집으로 가요."

그러면 아버지는 쓸쓸한 눈으로 소년을 바라보았다.

그런데 좋아졌던 병세가 점점 나빠졌다. 닷새째 되는 날 저녁, 의사가 왔을 때 소년이 병세를 묻자, 의사는 말없이 고개만 저었다. 소년은 그만 자기도 모르게 소리를 내어 울었다. 소년은 환자 귀에 입을 대고 말했다.

"아버지 기운을 내세요. 얼른 나으셔서 집에 돌아가요."

그때 문 있는 쪽에서 커다란 목소리가 들렸다.

"안녕히들 계십시오. 폐 많이 끼쳤습니다."

소년은 깜짝 놀라 돌아보았다. 보따리를 어깨에 메고 나가려던 남자도 돌아보다가 소년의 얼굴과 마주쳤다.

그 남자는 "치칠로!" 하면서 소년에게 뛰어왔다.

소년은 아버지 팔에 안겼다. 너무 뜻밖이라 가슴이 벅차서 아무 말도 나오지 않았다.

"치칠로! 어찌 된 일이냐? 어머니가 너를 보냈다고 편지 했는데, 네가 오지 않아서 걱정했다. 그래, 여기 온 지 며칠이나 되니? 식구들은 다 잘 있니?"

아버지는 별로 많이 아프지 않았다. 소년은 너무 좋아서, 집에 대한 이야기를 겨우 했다.

"이제 퇴원했으니 같이 집에 가자."

"그렇지만 저분은 어떻게 하고요?"

소년이 노인의 얼굴을 보자, 환자도 그를 한참 바라보았다. 소년은 그동안 의지해 온 노인을 모른 체하고 갈 수가 없었다.

"아버지, 이분은 곧 돌아가실지 몰라요."

"그렇습니다. 오늘내일합니다. 이분도 외국에서 온 노동자랍니다."

간호사가 말했다.

"선생님과 같은 날 입원했는데, 집에 애들이 몇 있나 봅니다. 이 소년을 아마 자기 아들이라 믿고 있는 것 같습니다."

"아버지, 며칠 동안 여기 더 있겠어요. 저분이 불쌍해요."

"그래라."

아버지는 승낙했다.

"나는 먼저 가서 식구들을 안심시키고 어머니에게 네 이야기

도 전하마."

소년은 아버지의 뒷모습을 즐거운 듯 바라보았다.

소년은 더욱 명랑한 기분으로 한층 더 열심히 노인을 간호했다. 그러나 환자의 호흡은 점점 더 거칠어졌고, 얼굴색도 변해 갔다. 의사가 치료를 했지만 날이 밝을 무렵 노인은 소년의 손을 꼭 쥔 채 숨을 거두었다.

"돌아가셨어요. 제 손을 꼭 잡고."

소년은 울음을 터뜨렸다.

"이제 돌아가거라. 네가 한 착한 일은 하느님께서 잘 아실 게다. 훌륭한 일을 했다."

의사가 이렇게 말해도 소년은 울음을 그칠 줄 몰랐다.

간호사는 창가에 있는 오랑캐꽃 한 다발을 갖다 주면서 말했다.

"자, 그만 울어라. 돌아가신 분도 네가 한 일을 기뻐하실 거야. 아무것도 줄 게 없으니 이 꽃을 가져라."

"고맙습니다. 그러나 저는 먼 길을 가야 하니, 이 꽃은 돌아가신 분에게 드리겠어요."

소년은 꽃다발을 풀어 노인의 시신을 덮어 주었다.

사랑의 학교

3월

싸우는 스타르디

5일 일요일

퇴학당할 뻔한 프란티는 학교 아이들을 한층 더 미워했다.
누구든지 놀려먹을 틈만 노리고 있었다. 그가 눈독을 들이고
벼르고 있는 사람은 스타르디였다. 스타르디는 수업이 끝나면
언제나 도라 그로사 거리에 있는 학교로 동생을 데리러 갔다.

이것을 안 프란티는, 어느 날 그 학교 앞에서 기다리고 있다
가, 스타르디가 동생을 데리고 나오자 뛰어가 동생의 책가방
을 낚아챘다. 스타르디의 동생은 "앗!" 하고 넘어지며 땅에 머
리를 부딪쳤다.

스타르디는 동생을 일으킨 다음, 자신보다 몸집이 크고 기운
이 센 프란티에게 덤볐다.

길에는 여학생들밖에 없어 말릴 엄두도 못 냈다. 실비아 누나
가 그때 그곳에 있어서 나는 싸움 이야기를 잘 알 수 있었다.

프란티가 억센 힘으로 스타르디의 얼굴을 마구 때려서, 스타
르디는 귀가 찢어지고 코피를 흘렸다.

"너 같은 놈에게 내가 질 줄 아니?"

스타르디는 일어섰다가는 넘어지고 넘어지면 또 일어나서

프란티에게 덤벼들었다.

여학생들이 소리쳤다.

"작은 아이 이겨라!"

프란티보고는 이렇게 소리쳤다.

"큰 아이 비겁하다!"

이 말을 듣자 프란티는 더 화가 나서 스타르디를 쓰러뜨린 다음 깔고 앉아 악을 썼다.

"항복 안 할래?"

"싫어!"

스타르디는 있는 힘을 다 해서 프란티를 후려쳤다. 그때, 프란티가 칼을 빼 들었다.

"앗! 위험하다. 저놈이 칼을 뺐다!"

아이들이 소리질렀다.

그때 한 어른이 뛰어와서 프란티의 칼을 빼앗자 프란티는 급히 도망쳤다.

"동생을 돕는 마음이 훌륭하다."

모두들 스타르디를 칭찬했다.

크로시의 아버지

8일 수요일

78호 죄수와 연필꽂이 이야기를 내게서 들은 뒤, 데로시는 빨간 머리 크로시를 마치 자기 동생처럼 귀여워했다. 숙제를 가르쳐 주고 종이와 펜, 연필을 주기도 했다.

나는 얼마 전부터 야채 파는 크로시 어머니가 데로시를 만날 때마다 한참씩 바라보는 것을 보았다. 그런데 얼마 전에 크로시 어머니가 자신의 아들과 함께 교실에서 나오는 데로시에게 조그만 상자 하나를 주려 했다.

"우리 애랑 사이좋게 지내 주니 고맙구나. 별것 아니지만 내 마음의 표시니 받아 다오."

데로시는 얼굴이 빨개지고 당황해했다.

"크로시는 제 친구라 친하게 지낼 뿐이에요, 받을 수 없어요."

"캐러멜이다. 받아라."

"아니에요."

"그럼, 이거라도 어머니께 갖다 드려라. 아주 싱싱하다."

크로시 어머니는 바구니에서 배추 한 다발을 꺼내 주셨다.

"아무것도 받을 수 없어요."

데로시는 저쪽으로 뛰어가 버렸다.

"참 훌륭한 아이로구나."

크로시 어머니는 혼잣말을 하며 데로시의 뒷모습을 바라보셨다.

그런데 오늘은 크로시 어머니 대신 아버지가 왔다.

그분은 데로시에게 와서 말씀하셨다.

"너 우리 크로시에게 참 친절하던데……. 그것은……. 다른 이유라도 있어서 그런 게 아니냐?"

나는 크로시의 아버지가 '78호 죄수의 비밀'을 데로시가 알

고 있는 것을 눈치채고 두려워하는 것이라고 생각했다.

크로시는 얼굴이 홍당무처럼 빨개져 아무 말도 못 했다. 그러나 마음속으로 이렇게 말했다고 한다.

'아저씨의 불행했던 비밀을 알고 있어요. 그래서 크로시를 행복하게 해 주려고 그와 사이좋게 지내는 거예요.'

크로시 아버지는 데로시를 한참 바라보다가 무엇을 생각했는지 그의 귀에다 대고 가만히 말씀하셨다.

"너는 크로시 아버지를 싫어하거나 업신여기지 않는구나!"

"절대로 그렇지 않습니다."

데로시는 힘차게 대답했다.

크로시 아버지는 데로시가 안아 주고 싶을 만큼 고마운 모양이었다. 그분은 약간 떨리는 손으로 데로시의 머리를 쓰다듬어 주고 안심한 듯 아들의 손을 잡고 집으로 가셨다.

코레티와의 싸움

20일 월요일

나는 코레티와 싸울 생각이 없었는데, 뜻밖에 그와 싸우게 되었다. 3월 14일, 토리노시의 각 학교에서는 착한 일을 한 소년들에 대한 표창식이 있었다. 우리 반에는 마차에 치일 뻔한 아이를 구하려다 다리를 다쳐 목발을 짚고 다니는 로베티, 일 잘하는 코레티, 그리고 언제나 칭찬을 받는 데로시가 도지사 상을 받았다. 나는 그날 코레티를 위해 박수를 쳤다.

그런데 앓아 누워 있는 꼬마 미장이에게 읽어 주려고 선생님 이 이야기해 주신 '할머니 대신 죽은 소년'을 쓰고 있는데, 옆 에 앉아 있던 코레티가 내 팔꿈치를 건드리는 바람에 쓰고 있 던 글이 잉크로 더럽혀졌다.

"야, 이거 어떡해?"

나는 그에게 화를 냈다.

"내가 일부러 그랬니?"

코레티가 싱긋 웃으며 대꾸했다.

나도 일부러 그런 것이 아님을 잘 알았지만, 그가 웃는 것을 보니 화가 더 났다.

"흥, 표창받았다고 뻐기는구나."

나도 코레티를 팔꿈치로 힘껏 쳐 공책 한 장을 못 쓰게 했다.

"너 일부러 그러는 거지."

코레티는 화를 내면서 말했다.

나는 수업 시간 내내 괜히 그랬다 하는 후회가 들어 마음이 괴로웠다. 그가 일 잘하고 어머니 간호도 잘하는 착한 아이라는 것을 안다. 우리 집에 놀러 왔을 때 아버지도 코레티를 마음에 들어 하셨다. 나는 왜 그와 싸움을 했을까! 뉘우치면서 그를 흘끗 보았다.

저고리 소맷부리가 해져 있는 것은 분명히 많은 장작을 날랐기 때문일 것이다. 나는 미안하다고 말하고 싶었지만, 도무지 말이 나오지 않았다. 수업 중에 선생님 말씀도 귀에 들어오지 않았다.

수업이 끝나고 큰길로 나왔을 때, 코레티가 뒤에서 쫓아왔다. 나는 그가 다가왔을 때 자막대기를 힘껏 쥐고 휘둘렀다. 코레티는 한 팔로 자막대기를 막으면서 말했다.

"엔리코, 그만두자. 전처럼 친하게 지내자."

나는 깜짝 놀랐다. 그는 내 어깨를 끌어안으며 말했다.

"우리는 아주 친한 사이잖니?"

"응 그래, 이제 싸움 같은 건 절대로 그만두자."

나도 대답했다.

집에 돌아가서 아버지에게 그 얘기를 했더니, 아버지는 내 손에서 자막대기를 빼앗으셨다.

"너는 잘못하고서도 먼저 사과하지 않았구나. 코레티는 너보다 훌륭한 친구다. 그처럼 훌륭한 친구에게 휘둘렸던 자막대기 같은 것은 아예 버려라."

아버지는 화가 나서 자를 두 동강으로 꺾어 버리셨다.

아픈 꼬마 미장이

28일 화요일

꼬마 미장이 안토니오는 가엾게도 병이 나서 학교에 오랫동안 나오지 못하고 있다. 선생님도 걱정이 되어 우리들에게 문병을 가 보라고 하셨다. 그래서 나는 데로시, 가르로네와 함께 문병을 갔다.

노비스와 보티니에게도 가자고 했더니, 그들은 미장이집에 가면 옷을 버린다며 싫다고 했다. 우리는 동전 두 닢을 모아 오렌지 세 개를 사 들고 아파트 지붕 아래에 있는 방으로 갔다. 비가 부슬부슬 내리는 침침하고 우울한 날씨였다.

우리가 가자 꼬마 미장이는 파리한 얼굴로 침대에 누워 자고 있었다. 솔과 체 등이 걸린 벽 아래에는 그의 어머니가 구부리고 앉아 있었다.

가르로네가 오렌지 하나를 머리맡에 놓자, 그 냄새 때문인지 안토니오는 눈을 떴다.

"나 가르로네다. 알겠니? 기운을 내. 데로시와 엔리코도 같이 왔어. 다들 네가 낫기를 바라고 있단다."

꼬마 미장이는 힘없이 끄덕이고는, 다시 조용히 눈을 감았다. 자는 것 같기에 우리는 방해가 될까 봐 살그머니 밖으로 나왔다.

그때, 안토니오 아버지가 부르는 소리가 들렸다.

"가르로네."

"네, 왜 그러세요?"

"안토니오가 사흘이나 말을 안 했는데, 네 이름을 부르고 있구나. 좀 와 주겠니?"

가르로네는 급히 뛰어 올라갔다. 그런데 데로시의 눈에 눈물이 가득 고여 있었다.

"데로시, 걱정 마. 꼬마는 꼭 나을 거야."

내가 위로하듯 말하자, 데로시가 대답했다.

"아냐, 그게 아냐. 아픈 친구에게 저렇듯 친절한 가르로네를 보니까 저절로 눈물이 나는 거야."

할머니 대신 죽은 소년

페루치오네는 포를리 마을 밖 한적한 거리에서 잡화상을 했다. 그의 바로 옆집은 두 달 전에 불이 나서 몽땅 타 버렸다. 그 근방은 넓은 밭이어서 집들이 띄엄띄엄 떨어져 있었다.

어느 날 밤이었다. 페루치오의 아버지는 시내로 물건을 사러 가서 늦게 돌아올 예정이었고, 어머니는 눈이 나쁜 동생 루이지나를 수술시키기 위해 병원에 갔다. 그래서 집에는 열세 살 된 페루치오와 관절염으로 걷지 못하는 일흔이 넘은 할머니만 있었다.

저녁 무렵부터 비가 내리더니 바람이 불기 시작했다. 밤이 깊었지만 페루치오와 할머니는 자지 않고 식당에 앉아 있었다. 페루치오는 그날 하루 종일 밖에서 놀다가, 밤 11시가 되어서야 흙투성이가 된 셔츠를 어깨에 걸치고 돌아왔다. 다리가 아파서 움직이지 못하는 할머니는 자지 않고 손자를 기다리고 있었다. 페루치오는 친구들하고 놀다가 싸움을 해서, 용돈마저 다 잃어버리고 들어온 길이었다.

할머니는 손자의 꼴을 보고 또 나쁜 짓을 했구나 하고 생각
하였다.

"이렇게 밤 늦도록 무얼 했냐?"

페루치오는 그날 한 일을 말했다.

할머니는 페루치오를 사랑했지만, 그가 하는 짓이 너무 지나
치다 싶어 눈물을 흘렸다.

"페루치오야, 너는 아버지 어머니가 집을 비우자 좋다구나
하면서 노는구나. 너는 지금 나쁜 길로 빠지고 있어. 그러면
어떻게 되는지 아니?"

페루치오는 못된 아이라기보다는 착한 아이였다. 그러나 그
는 고집이 세어 여간해서는 잘못했다고 빌지 않았다.

할머니는 손자가 아무 말도 하지 않자 다시 말했다.

"페루치오야, 한 번이라도 잘못했다고 해 봐라. 네가 옛날처
럼 착한 아이가 된다면, 할머니는 죽어도 여한이 없겠구나."

페루치오는 그런 할머니의 말을 듣자 가슴이 찢어지는 듯했
다. 페루치오가 할머니에게 잘못했다고 말하려는데, 밖에서
무슨 소리가 났다.

좍좍 퍼붓는 빗소리에 섞여 이상한 소리가 들렸다.

"무슨 소리냐?"

할머니는 걱정이 되어 물었다.

"아무것도 아니에요. 빗소리겠지요."

페루치오는 대수롭지 않게 대답했다.

"페루치오야, 앞으로 좋은 사람이 되겠다고 이 할머니와 약속하자. 응?"

할머니는 눈을 비비면서 말했다. 그때 또 이상한 소리가 들려 할머니는 말을 끊었다.

할머니의 얼굴이 파랗게 질렸다.

"아무래도 빗소리 같지는 않구나."

발소리였다.

"거기 누구예요?"

페루치오의 말이 채 끝나기도 전에, 어떤 남자가 손으로 페루치오의 입을 거칠게 틀어막으며 페루치오를 방 한구석으로 밀쳤다.

"죽기 싫으면 조용히 해!"

도둑은 두 놈이었는데, 시커먼 복면을 하고 있었다. 다른 한 놈은 할머니의 목을 졸라 꼼짝도 못 하게 했다.

페루치오를 누르고 있던 놈이 물었다.

"돈은 어디 있냐?"

"저, 저 장롱 속에……."

도둑은 페루치오의 목덜미를 잡아끌고 장롱 쪽으로 가서 돈을 몽땅 꺼냈다.

마침 그때, 한길 쪽에서 여러 사람들의 노래 부르는 소리가 들려왔다. 도둑놈들은 움찔하더니 문 쪽을 보았다. 고개를 돌리는 순간 도둑놈의 얼굴을 가린 검은 수건이 풀어졌다.

"너, 너는 모조니……."

"빌어먹을! 얼굴을 보이고 말았구나."

도둑놈의 손에서 시퍼런 칼날이 빛났다.

"우리 할머니 죽이면 안 돼."

페루치오가 비명을 지르며 할머니에게로 뛰어든 것과 도둑놈이 칼을 휘두른 것은 꼭 같은 순간이었다.

칼이 페루치오의 등에 푹 꽂히자, 도둑놈은 당황해서 등불을 쓰러뜨리고 도망쳤다. 페루치오는 천천히 일어나 무릎에 얼굴을 묻었다.

한참 후에 할머니는 부들부들 떨면서 겨우 들을 수 있는 작은 목소리로 말했다.

"살았구나, 페루치오. 나도 살았다."

"할머니, 살아 계셔서 참 다행이에요."

페루치오는 잦아드는 목소리로 말했다.

"그놈들이 돈을 가져갔지만……. 아버지가 물건을 사러 간 뒤라 얼마 남지 않았어요."

할머니는 안심하는 듯 말했다.

“페루치오, 너 아직 떨고 있구나. 이제 괜찮으니 불이나 좀 켜라. 나 역시 아직도 가슴이 두근거리는구나.”

페루치오는 할머니 몸을 꼭 껴안으며 말했다.

“할머니, 저 나쁜 놈이죠?”

“그게 무슨 소리냐? 너는 좋은 아이다.”

“할머니에게 근심만 끼쳐 드린걸요. 그런데도 제가 좋으세요?”

“좋고말고. 내가 제일 귀여워하는 손자인데.”

“할머니, 제가 나쁜 짓 한 것 다 용서해 주세요.”

“그래, 용서하마. 페루치오야, 어서 일어나 불을 켜 네 얼굴을 좀 보여 다오.”

“할머니, 저는 참으로 기뻐요.”

페루치오 목소리는 훨씬 가냘퍼졌다.

“저를 잊지 말아 주세요, 할머니. 그리고 아버지, 어머니, 루이지나에게 저 대신 말해 주세요. 할머니, 안녕히…….”

말을 채 맺지 못하고 페루치오의 몸은 움직이지 않았다.

“아니, 페루치오야! 이게 웬일이냐. 내 귀여운 손자가?”

할머니는 흐느끼며 그 위에 쓰러졌다.

장난꾸러기이고 말썽 많은 페루치오 소년은 할머니 대신 자기 목숨을 하느님께 바쳤던 것이다.

사랑의 학교

4월

넬리의 용기

화창한 날씨가 며칠째 계속되었다. 겨울 동안 실내 체육관에서 운동을 했는데, 이제 햇볕을 받아 가며 운동장에서 운동을 하니 마음이 여간 상쾌하지 않다. 그래도 곱사등이 넬리는 항상 가엾다. 어제도 가르로네가 교장실에 있는데, 넬리의 어머니가 찾아왔단다. 넬리 어머니는 기계 체조가 넬리에게 힘겹고 또 남의 웃음거리가 되니 시키지 말아 달라고 교장 선생님께 부탁했다고 한다.

그런데 넬리는 오늘 다른 애들과 같이 기계 체조를 했다. 기계 체조가 힘겹다고 말린 어머니에게 넬리는 이렇게 대답했다고 한다.

"다른 애들한테 웃음거리가 되더라도, 가르로네만은 웃지 않고 제 곁에 있어 주니까 괜찮아요."

오늘 체육 선생님은 운동장을 한 바퀴 돌게 하고 나무 기둥 타기를 시키셨다.

데로시와 코레티는 원숭이처럼 잘 기어올라갔고, 다른 애들도 땀을 뻘뻘 흘리며 그런대로 잘 올라갔다.

넬리 차례가 되었다. 그가 올라가는 것을 보고 여기저기서 킬킬거리는 소리가 들렸다. 그러나 가르로네가 웃는 애들에게 눈을 부릅뜨자 웃음이 뚝 그쳤다. 땀을 흘리고 헐떡거리면서도 넬리는 올라갔다.

선생님도 보기가 딱하셨나 보다.

"넬리야, 그만 내려와."

나는 넬리가 떨어지면 어쩌나 하고 마음을 졸였다.

그때 데로시와 코레티가 소리질렀다.

"조금만 더 기운을 내!"

그러자 다른 애들도 소리쳤다.

"넬리, 조금만 더 힘을 내."

넬리는 겨우 끝머리에 가서 손이 닿았다.

선생님이 말씀하셨다.

"넬리야, 이제 그만 내려와. 그만 해도 됐다."

그러나 넬리는 끝내 해내고야 말았다. 마침내 나무 기둥 위의 발디딤대에 올라서고 만 것이다.

다들 박수를 보냈다.

"넬리 만세!"

감탄하지 않는 애가 없었다.

집에 돌아갈 때, 넬리를 데리러 온 어머니가 물었다.

"넬리야, 오늘 기계 체조 있었지?"

"네, 잘 해 냈어요."

"정말이냐?"

다들 넬리를 둘러싸고 말했다.

"정말이에요, 아주머니. 넬리도 우리와 똑같이 했어요."

"네, 맞아요. 오늘 넬리는 정말 훌륭했어요."

넬리 어머니는 눈물을 글썽거렸다. 아들이 남들처럼 기계 체
조를 해냈다는 이야기를 듣고 기뻐하는 넬리 어머니의 모습은
이루 말로 표현할 수 없을 정도였다.

아버지의 선생님

11일 화요일

어제 나는 아버지와 즐거운 여행을 했다.

그저께 아버지는 식사를 하며 신문을 보시다가 깜짝 놀라 말
씀하셨다.

"세상에! 초등학교 때 담임 선생님이셨던 크로제티 선생님이

아직도 살아 계시구나! 돌아가신 줄로 알았는데, 올해 여든네 살이시단다."

아버지는 내게 신문을 보여 주며 말씀하셨다.

"선생님께서 지난 60년간 학생들을 가르치신 공로로 훈장을 받으셨다는구나. 기차로 한 시간밖에 걸리지 않는 콘도베에 사신다는데……. 엔리코, 내일 아버지와 함께 선생님을 찾아가 뵙지 않을래?"

아버지와 나는 어제 아침 9시에 스자역에서 콘도베 행 기차를 탔다. 기차 안에서 아버지는 내내 선생님 얘기만 하셨다.

"크로제티 선생님은 할아버지 다음으로 아버지를 가장 귀여워해 주신 분이다. 때때로 꾸중도 많이 들었지만 그때의 선생님 말씀이 아직까지 잊혀지지 않는다. 선생님이 교실에 들어오시던 모습이 지금도 눈에 선하다. 어느 날, 선생님은 나를 한참 바라보시더니, 다가오셔서 펜 쥐는 법을 가르쳐 주셨단다. 40년이나 지났으니, 그간 크로제티 선생님도 많이 변하셨겠지?"

기차는 어느덧 콘도베역에 닿았다. 역을 나와, 어느 가게 주인에게 선생님 댁을 물었더니 쉽게 찾을 수 있었다. 이 동네 사람들은 누구나 선생님 댁을 잘 아는 것 같았다.

언덕 위의 조그만 집에 거의 닿았을 때, 아버지는 걸음을 멈추고 말씀하셨다.

"저분이 선생님 아니실까?"

길 저편에, 키가 작달막하고 수염이 하얗게 센 노인이 우리들 쪽으로 천천히 걸어오고 있었다. 다리를 조금 절고, 지팡이를 쥔 손이 가볍게 떨렸다.

"크로제티 선생님이시다."

아버지는 선생님 앞으로 다가갔다. 그러자 그분도 걸음을 멈추고 이상스럽다는 듯 아버지를 바라보셨다.

"저, 빈센초 크로제티 선생님 아니십니까?"

아버지는 모자를 벗어 들고 공손히 물으셨다.

그분도 모자를 벗으며 대답하셨다.

"내가 크로제티요."

목소리는 조금 떨렸으나, 쨍쨍했다.

"옛날 선생님의 제자입니다."

감격에 찬 목소리로 아버지가 말하자, 그분도 아버지를 똑바로 보더니 한참 만에 말씀하셨습니다.

"미안하지만 언제 내게 배웠는지, 이름을 좀 말해 주시오."

"알베르트 보티니라고 합니다."

아버지는 선생님에게서 배운 때와 장소를 말씀드렸다.

선생님은 머리를 숙이고 기억을 더듬으며 아버지 이름을 몇 번 되뇌시더니, 갑자기 물으셨다.

"그럼, 콘솔라타 광장에 살던 기술자 보티니 씨의 아들이 자네란 말인가?"

"그렇습니다, 선생님."

기쁜 듯 아버지는 양팔을 벌리셨다. 옛 선생님도 앞으로 다가와 아버지를 얼싸안으셨다.

우리는 함께 선생님 댁으로 들어갔다. 집도 조그맣지만 마당도 넓지 않았다.

선생님이 먼저 말씀하셨다.

"보티니, 이제야 자네에 대한 생각이 떠오르네. 1학년 때, 왼쪽 창가 쪽 책상에 앉았지? 어때, 이만하면 나도 기억력이 좋지? 자네의 고수머리가 지금도 눈에 선하군."

선생님은 또 이렇게 말씀하셨다.

"자네는 건강한 편이었지. 그런데 뜻밖에도 2학년 때 폐렴으로 오랫동안 학교를 쉬었어. 오랜만에 학교에 나왔을 때 야위어 큰 목도리에 몸이 푹 파묻혀 보였지. 그때 내 마음이 여간 아프지 않았네. 40년이 지났는데…… 잊지 않고 찾아 주다니,

참 고마운 일일세. 모두 훌륭한 신사들이 된 옛날의 제자들이 종종 찾아와 주어 여간 기쁘지 않아. 그런데 요즘은 아무도 보지 못했어. 왠지 자네가 마지막으로 만나는 학생 같은 느낌이 드네."

"선생님, 별말씀을 다하십니다. 아직 정정해 보이시는데요."

"아니야, 그렇지 않아. 이 떨리는 손이 마지막이야."

선생님은 양손을 내보이셨다.

"이게 나쁜 증거야. 3년 전에 내가 학교를 그만둘 무렵부터 시작된 증세라네. 처음에는 별로 마음을 쓰지 않았는데, 어느 날 학생들의 공책을 보다가, 그만 떨어뜨렸어. 그때 나는 학교를 그만두어야겠다는 결심을 했지. 60년 동안 함께 했던 학교와 학생들과 헤어져야만 한다고 생각하니 여간 괴로운 것이 아니었네. 내가 마지막 수업을 끝마치자, 학생들이 집까지 데려다 주더군. 내 일생이 이것으로 끝난다고 생각하니 무척 슬펐지. 나는 학교를 그만두기 1년 전부터, 아내와 자식을 모두 잃고 혼자 살고 있다네. 이제는 아무것도 할 일이 없어 그런지 하루해가 여간 긴 것 같지 않구먼. 그저 한 가지 낙이 있다면, 그 옛날 내가 쓰던 헌 교과서와 학교 신문을 보는 것뿐일세. 이걸 좀 보게."

선생님은 조그만 책장을 가리키셨다.

"참, 보티니, 자네를 놀려 줄 일이 있네."

선생님은 조그마한 책상의 긴 서랍을 열고 많은 종이 뭉치 가운데 하나를 집어 뒤적이더니, 노랗게 찌든 종이 한 장을 아버지에게 내미셨다.

그것은 40년 전 아버지가 한 숙제였다.

'1838년 4월 3일 씀. 알베르트 보티니.'

"감개무량합니다, 선생님."

아버지는 소리 내어 읽으며 눈물을 글썽거리셨다.

선생님은 다른 종이 뭉치를 펼쳐 보이며 말씀하셨다.

"이것들이 모두 나의 추억이라네. 나는 매년 학생들의 숙제를 하나씩 추려서 잘 정리해 두었네. 자, 이것 보게. 이렇게 잘 정돈이 돼 있지 않은가? 옛날 학생들의 숙제를 한 줄 한 줄 보면, 그때의 일들이 회상되고, 그 옛날의 즐거운 시절을 다시 한 번 더 살아 보는 기분을 가질 수 있거든."

"선생님, 제가 장난치던 일을 지금도 기억하십니까?"

아버지가 웃으면서 여쭈었다.

"글쎄, 별로 생각나는 것은 없지만, 아무튼 자네는 그때 나이에 비해서 퍽 얌전했고, 공부도 열심히 했지. 그리고 자네 어머님이 자네를 귀여워하시던 것이 지금도 기억나는군."

아버지가 선생님께 다시 여쭈었다.

"선생님, 별일 없으시면 시내로 가서 같이 식사하시지 않으시겠습니까?"

"고맙네만, 손이 떨리니 여러 사람 앞에서 제대로 먹을 수가 있어야지."

선생님은 섭섭한 표정을 지으며 말씀하셨다.

"저희가 거들어 드리지요."

아버지가 여러 번 권하자, 선생님도 웃으며 승낙하셨다.

"오늘은 참 유쾌한 날일세, 보티니. 죽는 날까지 오늘을 잊지 못할 걸세."

선생님은 오른팔로 아버지의 팔을 끼고, 왼손으로는 내 손을 잡고 천천히 언덕길을 내려가셨다.

음식점에 들어가 선생님은 가운데 앉고, 아버지와 나는 양쪽으로 앉았다. 선생님은 너무 기뻐서 그런지 손이 더욱 떨리는 것 같았다.

아버지는 선생님이 드시기 편하도록 음식을 잘게 자르고, 빵도 뜯어 놓으셨다. 그리고 손이 떨려 힘드실까 봐 물컵을 바로 앞에 놓아 드렸다. 선생님은 손만 떨리는 게 아니라 입까지 몹시 떨려서 물컵이 입에 닿을 때는 덜덜 요란한 소리가 났다. 그래도 선생님은 연거푸 웃음을 터뜨리며 젊은 사람 못지않게 이야기를 계속하셨다.

선생님이 포도주를 앞자락에 엎지르시자, 아버지는 얼른 수건으로 닦아 드렸다.

"이런 일까지 자네에게 수고를 시키다니."

선생님은 미안해서 어쩔 줄 모르면서도 기쁜 듯이 웃으셨다. 식사가 끝날 무렵, 선생님은 떨리는 손으로 애써 술잔을 높이 들며 아주 엄숙하게 말씀하셨다.

"친애하는 자네 아버님과 자네를 그토록 사랑하던 자네 어머님을 회상하고, 그리고 자네의 온 가족들의 건강을 위해서 건배!"

"언제나 정다우신 선생님의 건강을 빕니다."

아버지도 이렇게 답하며 건배하셨다.

음식점을 나왔을 때는 오후 2시가 넘었다. 아버지가 말렸으나, 선생님은 굳이 역까지 배웅하겠다고 하셨다. 우리는 아까와 같이 선생님을 부축했다. 역까지 오는 길에 여러 사람들이 선생님을 알아보고 인사를 했다. 우리가 역에 도착하자 기차가 떠나려고 했다.

"선생님, 안녕히 계십시오."

"잘 가게, 고맙네."

선생님은 떨리는 손으로 아버지 손을 굳게 잡아 가슴에 대며 말씀하셨다.

선생님 눈은 눈물로 젖어 있었다.

아버지는 나를 기차에 태워 놓고는, 갑자기 선생님의 초라한 지팡이를 빼앗고 대신 아버지의 첫 이름자가 새겨져 있는, 은으로 무늬를 박아 넣은, 값비싼 아버지의 지팡이를 드렸다.

"아니, 이건 내 지팡이가 아니네."

선생님은 깜짝 놀라 지팡이를 돌려주려 하셨다.

그러자 아버지는 슬픈 목소리로 말씀하셨다.

"선생님, 제 기념입니다. 그걸 가져 주십시오."

아버지가 승강대에 오르자, 기차는 천천히 움직였다.

"안녕히 계십시오, 사랑하는 선생님."

"잘 가게, 보티니. 불쌍한 이 늙은이를 이렇게 위로해 주니 고맙네. 하느님의 은총이 함께하기를…….."

"다시 찾아뵙겠습니다."

아버지가 눈물 젖은 목소리로 소리치자, 선생님은 이제 틀렸다는 듯이 고개를 저으셨다.

"아닙니다. 꼭 다시 뵙겠습니다."

아버지는 힘있게 되풀이해 말씀하셨다.

선생님은 떨리는 손으로 하늘을 가리키셨다.

"저 위에서나……."

선생님의 볼에는 눈물이 흐르고 있었다.

앓고 난 후

20일 목요일

아버지와 함께 여행하고 돌아온 뒤, 열흘이나 아팠다. 위독하다는 말을 듣고 울던 엄마, 근심스러운 얼굴로 내 머리맡에 앉아 계시던 아버지, 무슨 말인지 소곤소곤 말하던 실비아 누나, 그리고 안경을 쓴 의사가 생각난다. 페르보니 선생님이 와서 얼굴에 입을 맞추어 줄 때, 수염이 따끔하던 생각도 난다.

가르로네가 오렌지를 들고 와서, 자기 어머니도 병이 났다며 급히 돌아가던 일이 생각난다. 꼬마 미장이도 앓고 난 뒤라 조금 야윈 얼굴로 나를 보러 왔었고, 코레티, 가로피도 왔었다. 프레코시도 왔었는데, 아버지 일터에서 온 듯 검은 석탄 가루가 묻은 볼에다 내 마른 손을 댔다.

그가 가고 난 뒤 내 손에 석탄 가루가 조금 묻어 있었는데, 나는 그게 참 좋았다.

아버지에게 안겨 창가로 가 보니, 책을 들고 학교에 가는 아이들이 보였다.

'매일 학교에 간다는 것이 얼마나 기쁜 일인가?'

빨리 학교에 가서 친구들과 놀고 싶어졌다. 어머니는 그동안 많이 말랐고 아버지도 많이 지치신 것 같았다.

달력을 보니 4월도 며칠 남지 않았다.

석 달만 있으면 4학년도 끝난다. 그러면 정답던 친구들과도 헤어져야겠지.

친구

20일 목요일

4학년이 끝나면 중학교에 가겠구나. 하지만 네 친구들 가운데는 일을 해야 하는 사람도 있을 게다. 네가 고등학교와 대학교를 나와, 어릴 때 친구들이 어른이 되어 일하고 있는 곳을 찾아갔을 때의 기쁨을 상상해 본 일이 있니?

아버지 생각으로는 자기와 같은 계급의 사람들만 사귀는 것은 책을 한 권밖에 읽지 못하는 것이라고 본다. 자기와 다른 계급, 또는 자기와 다른 생활을 하고 있는 사람과 사귄다는 것은 인생이나 세상을 아는 데 아주 중요하다.

너는 가르로네, 프레코시, 코레티, 꼬마 미장이 같은 친구들을 사랑해야 한다. 네가 만일 상원 의원이 됐다고 하자. 그때 지나가는 역의 기관수가 가르로네라면, 너는 눈물이 날 만큼 기쁘고 반가워서 손을 잡을 것이다. 친구란 바로 이런 것이다.

- 아버지가-

가르로네의 슬픔

29일 토요일

겨우 학교에 갔더니 슬픈 일이 있었다. 어제 아침에 선생님이 반 아이들에게 이런 말을 하셨단다.

"너희들이 좋아하는 가르로네에게 슬픈 일이 일어났다. 그의 어머니가 돌아가셨다. 아마 내일쯤은 학교에 나올 것이니 너희들은 조용히 가르로네를 위로해 주어라.”

그 얘기를 들은 우리는 모두 놀랐다.

오늘 가르로네는 보통 날보다 좀 늦게 교실에 들어왔다. 파리한 얼굴, 붉어진 눈, 마치 한 달이나 앓고 난 사람같이 핼쑥한 얼굴로 힘없이 책상에 앉았다. 책상에 앉자 어머니 생각이 났는지 갑자기 책상에 엎드려 소리 내어 울었다.

페르보니 선생님은 가만히 가르로네 곁으로 다가가서 끌어안으며 위로하셨다.

“마음껏 울어라, 가르로네. 그러나 기운을 내야지. 어머니가 여기 계시지는 않지만 어느 곳에서건 너를 사랑하고 계실 거다. 어머니는 언제나 너와 함께 살아 계시다.”

수업이 끝나고 집으로 돌아갈 때 아무도 가르로네에게 말을 걸지 않았다. 그저 그를 에워싸고 걸었다.

나는 어머니가 마중 나온 것을 보고 뛰어가 안기려고 했으나 어머니는 나를 뿌리치고 가르로네를 보셨다. 나는 그 순간 어머니가 나를 밀어낸 이유를 알아챘다. 가르로네가 슬픈 얼굴로 어머니와 나를 바라보고 있었다.

사랑의 학교

5월

걱정

9일 화요일

어제 저녁에 실비아 누나가 살그머니 내 방에 오더니 조그만 목소리로 말했다.

"아버지와 어머니가 이야기하시는 걸 엿들었는데, 요즘 아버지 하시는 일이 잘 안 되어 돈이 없나 봐. 어머니도 걱정을 하시더라. 아버지는 어떻게든지 노력하셔서 집안에 걱정이 없게 하시겠지만, 우리도 모른 체하고 있을 수는 없지 않니?"

"돈이 없으면 어떻게 해야 돼, 누나?"

"갖고 싶은 것을 참고 갖지 말아야지. 너 그렇게 할 수 있겠니?"

"누나가 한다면 나도 할 수 있어. 아버지가 참 불쌍하셔."

"그럼 말야, 아무 소리 말고 나를 따라와. 내가 어머니께 무슨 말을 하거든 너는 나와 같이 대답만 하면 돼. 알았지?"

누나는 내 손을 잡고 어머니에게로 갔다.

부엌에서 식사 준비를 하시는 어머니는, 그렇게 보아서인지 좀 우울한 것 같았다.

"어머니, 저와 엔리코가 의논했는데, 어머니께 드릴 말씀이 있어요."

어머니는 깜짝 놀라 우리를 보셨다.

"말씀 안 하셔도, 요즘 집안 형편이 안 좋은 걸 잘 알아요."

"원 별소리를 다하는구나. 누가 그런 실없는 이야기를 하더냐?"

"저희도 다 알아요. 그리고 저와 엔리코도 아버지, 어머니께 조금이라도 도움이 되고 싶어요. 제가 부채 사려던 것과 엔리코가 크레용 사려던 것은 집안 형편이 좋아질 때까지 사지 않기로 했어요."

누나는 이어 말했다.

"어머니, 식사 후의 과일은 필요 없어요. 앞으로는 절약을 해요. 아침에는 빵만으로도 만족해요. 옷도 사 주지 않으셔도 괜찮아요. 앞으로 저와 엔리코는 어떤 어려운 일이라도 기쁘게 참아 나가겠어요."

"그래요, 어머니."

나는 힘차게 대답했다.

어머니는 눈물을 흘리며 우리를 안아 주셨다.

"고맙다. 참 기특하다. 그러나 걱정할 것 없다. 아버지 일은 잘될 거야."

오늘 아침에 식당에 가 보니, 내 냅킨 밑에는 새 크레용이, 누나 냅킨 밑에는 부채가 있었다.

소방관

11일 목요일

오늘 아침에 소방관 두 사람이 우리 집에 왔다. 우리 아파트 지붕 위 굴뚝에서 불꽃이 나오는 것을 보고 화재가 날까 봐 집집마다 난로를 검사하러 다닌다고 했다. 그들은 난로 연통을 두들겨 보고 연통에 귀를 기울여 보기도 했다.

우리 집 난로는 불을 피우지 않았다. 그들이 다른 방을 조사하러 나간 뒤에 아버지가 말씀하셨다.

"엔리코, 네가 쓰려는 작문 제목을 '소방관'이라고 하면 어떻겠니? 2년 전에 본 소방관 이야기를 해 주마."

용감한 소방관에 대한 아버지의 이야기는 다음과 같다.

아버지가 극장에서 구경을 하고 돌아오는 길이었다. 밤이 꽤 깊었는데, 사람들이 막 뛰어다니고 근처가 낮과 같이 환했다. 4층 건물인 아파트가 무섭게 타고 있었고 거기에서 빠져나오는 사람들이 보였다.

그때 어떤 사람이 소리쳤다.

"어서 소방관이 와야지, 빨리 구하지 않으면 저 여자는 불에 타 죽고 말 거야!"

위를 쳐다보니 한 여자가 4층 창문 밖으로 뛰어나와 난간을 붙잡고 매달려 있었다.

마침 그때 마차 한 대가 요란한 소리를 내며 달려오더니, 네 명의 소방관이 뛰어내려 활활 불이 타고 있는 아파트 안으로 사라졌다.

"4층이에요! 빨리 4층으로 가서 구해야 해요!"

사람들이 소리쳤다.

소방관들은 4층으로 올라갔으나 복도가 이미 불길에 휩싸여 여자가 있는 곳으로 가지 못했다. 여자가 있는 데로 가려면 불길이 아직 미치지 않은 지붕을 뚫고 내려갈 수밖에 없었다. 소방관 가운데 한 사람이 눈과 얼음이 쌓여 미끄러운 지붕 위를 조심조심 걸어갔다. 소방관 반장이었다.

사람들은 숨을 죽이고 바라보았다. 소방관 반장이 무사히 지붕을 지나갔을 때, 사람들은 기쁨의 환호성을 지르며 야단들이었다. 반장은 도끼를 휘둘러 지붕에 구멍을 뚫어 내려갈 곳을 만들었다.

 아직 그 여자는 난간에 매달려 있지만 금방이라도 아래로 떨어질 것 같았다. 반장이 뚫은 구멍으로 다른 소방관 세 사람도 내려갔다. 반장은 여자를 끌어올리고, 다른 사람들은 쇠줄 사다리를 걸어 늘어뜨렸다. 먼저 여자를 내려보냈다. 이어서 어린 소녀와 할머니를 부축하고 세 소방관들이 내려왔다.

 사람들은 손뼉을 치며 그들을 맞았다. 제일 먼저 올라갔던 소방관 반장이 마지막으로 내려왔다. 사람들은 너무나 고마워하며 그를 마치 개선 장군처럼 맞았다. 그때까지 아무도 몰랐지만, 그는 바로 주제페 로비노 씨였다.

 “알았니? 이것이 바로 용기라는 것이다. 죽어 가는 사람의 비명을 듣고 비호처럼 뛰어가 구해 내는 것, 이것이야말로 사랑에서만 우러나올 수 있는 용기다. 어떠냐? 너는 그런 용기 있는 분과 악수해 보고 싶지 않니?”

 그때 집 안을 다 돌아보고 나온 소방관들 가운데 한 사람을 돌아보며 아버지가 말씀하셨다.

 “로비노 씨, 우리 아들하고 악수 좀 해 주시겠소?”

 팔에 완장을 두른, 키 작은 소방관 아저씨가 싱글싱글 웃으며 내 손을 굳게 잡았다.

그 사람들이 나간 후, 아버지는 내게 이렇게 말씀하셨다.

"엔리코, 잘 기억해 두어라. 앞으로 너는 많은 사람들과 악수를 하겠지만, 로비노 씨의 손과 같이 훌륭한 손과 악수할 기회란 그리 흔치 않을 게다."

벙어리 소녀

28일 일요일

아침에 초인종 소리가 요란하게 울려 뛰어나가려는데, 아버지의 커다란 목소리가 들렸다.

"조르조! 언제 돌아왔나?"

조르조는 예전에 우리 집 정원을 관리해 주던 사람이었다. 그는 3년 전에 그리스 쪽으로 일하러 간다고 떠났고, 그의 가족은 지금 콘도베에 살고 있다.

그는 어제 배를 타고 제노바에 도착해 바로 우리 집으로 왔다고 하는데, 커다란 보따리를 짊어지고 있었다.

아버지가 들어와 쉬라고 하자 조르조는 주저하며 대답했다.

"감사합니다. 하지만 먼저 딸애한테 가 보고 싶습니다. 벌써

3년이 다 되어 얼굴이 여간 보고 싶지 않습니다. 지금도 말은 여전히 못 하겠지만……."

"아, 보고 싶을 테지. 엔리코, 자자네 학교까지 아저씨와 같이 다녀오너라."

어머니가 옆에서 말씀하셨다.

"며칠 전에 내가 갔을 때 여간 건강하지 않았어. 그 애가 자네를 보면 얼마나 좋아할까."

조르조에게는 올해 열한 살 되는 자자라는 딸이 있는데, 태어날 때부터 귀가 나쁘더니, 결국 벙어리가 되었다. 조르조는 그리스로 떠날 때, 우리 아버지와 어머니에게 부탁해서 자자를 맹아학교에 넣었다.

조르조는 걱정이 되는 듯 물었다.

"집사람 편지에는 자자가 말을 조금 한다고 씌어 있더군요. 설마 하고 믿지는 않지만, 어떤가요?"

아버지는 웃으면서 대답하셨다.

"내게 묻지 말고 어서 가 보게. 가서 보면 알 게 아닌가?"

"그럼 짐을 여기 두고 다녀오겠습니다."

아버지가 일부러 조르조에게 아무 말도 하지 않으신 것을 알고 있기에, 나도 가면서 자자에 대해 말하지 않았다.

그러나 조르조는 초조한 듯, 3년 동안이나 만나지 못한 딸에 대해 이것저것 묻기 시작했다.

"불쌍한 자자……. 여덟 살이 될 때까지 한 번도 아버지라고 불러 보지를 못했거든. 3년 동안 그 애 얼굴을 보지 못했는데 건강하게 잘 지내는지……."

"가 보시면 알 수 있어요."

나는 걸음을 빨리 하며 말했다.

자자가 맹아학교에 들어간 것은 조르조가 그리스로 떠난 뒤였기 때문에, 조르조는 그 학교에 대해서 아무것도 몰랐다.

학교에 들어가서 안내인에게 자자 보치의 아버지가 딸을 만나러 왔다고 하자, 안내인은 마침 쉬는 시간이라면서 우리를 응접실로 데리고 갔다.

잠시 기다리자, 검은 옷을 입은 여선생님이 자자의 손을 잡고 왔다. 자자는 빨갛고 흰 줄이 있는 원피스를 입고 그 위에 하얀 앞치마를 두르고 있었다. 자자는 아버지를 보자 뛰어가서 목을 끌어안았다. 아버지도 딸의 손을 잡고 눈물을 글썽거리며 큰 소리로 말했다.

"많이 컸구나, 귀여운 자자. 이렇게 예쁜 것이 말을 못 하다니……. 우리 아이의 선생님이시죠? 참으로 많은 폐를 끼치고 있습니다. 이 아이하고 손짓으로는 말이 통할까요?"

선생님은 자자를 향해 작은 목소리로 말했다.

"자자, 이분이 누구시지?"

자자는 처음으로 이탈리아 말을 배우는 아이처럼, 서투르고 굵은 목소리로 또렷이 말했다.

"우리…… 아…… 버지…… 요."

"말을 하다니? 자자, 도대체 어떻게 된 일이냐?"

"따님에게 무엇이든 말해 보세요. 아버지 입술을 보고 자자는 모두 대답할 겁니다."

조르조는 웃음과 눈물이 한데 얽힌 얼굴로 딸에게 말했다.

"자자, 아버지가 이제부터 아무 데도 안 가면 좋겠니?"

"저는 아버지가…… 아무 데도 안 가시면 좋겠어요."

"자자, 말을 할 줄 아는구나. 너하고 말을 하다니, 정말 꿈만 같구나. 이 모두가 선생님 덕분이다. 선생님, 감사합니다. 고맙습니다."

조르조 아저씨는 눈물을 흘리며 선생님께 수없이 절을 했다. 선생님도 기쁜지 말했다.

"자자는 책을 읽을 줄도 알고, 계산도 하고, 역사와 지리도 안답니다. 이 학교를 졸업한 학생 중에는, 상점에 취직해서 손님들을 맞아 상대하며, 한 사람 몫을 훌륭히 해내는 아이도 있습니다."

조르조는 이 말을 듣고 더욱 놀라워했다.

"그게 정말입니까? 그럼, 우리 자자도 보통 사람들처럼 취직을 할 수 있다는 말씀입니까?"

조르조는 주머니를 뒤지더니, 지갑 속에서 소중히 간직하고 있던 20리라짜리 금화 한 닢을 꺼냈다.

"제가 멀리 가서 번 것입니다. 학교를 위해서 써 주십시오."

"보치 씨가 고생하시며 번 이 돈을 받을 수 없습니다. 이처럼 기뻐해 주시는 것만으로도 받은 것이나 다름없습니다."

선생님은 잠깐 생각하고 나서 이어 말했다.

"오늘 따님을 데리고 나갔다 오셔도 좋습니다."

조르조는 감격스러운 목소리로 말했다.

"감사합니다, 선생님. 제 딸이 이렇게 말을 할 수 있다는 것을, 아는 사람들에게 보여 주고 싶습니다. 이처럼 기쁜 일은 세상에 또……. 있을 수가 없습니다."

어머니를 찾아서

이탈리아의 도시 제노바에 마르코라는 열세 살 난 소년이 살고 있었다. 소년의 아버지는 마음씨가 착하고 부지런한 분이었는데, 불행히도 사업에 실패해서 많은 빚을 지게 되었다. 아무리 노력해도 빚을 갚을 수가 없게 되자, 아버지는 가족들과 의논한 끝에, 얼마 동안 어머니가 남아메리카로 가서 돈벌이를 하기로 했다.

어머니는 여덟 살 된 아들과 마르코를 남겨 두고 혼자서 남아메리카로 떠났다. 어머니는 아르헨티나의 수도 부에노스아이레스에서 가정부로 일했다. 어머니는 그 집에서 일하는 대가로 돈을 받아 이탈리아 집으로 부쳤다. 아버지는 그 돈으로 밀렸던 빚을 다 갚았다. 집안 살림도 차차 나아졌다.

어느덧 1년이라는 세월이 지나갔다. 어머니가 돌아올 날이 얼마 남지 않아 온 가족이 기다리고 있던 어느 날, 어머니의 몸이 불편하다는 편지가 왔다. 그리고 난 다음에는 아예 소식이 끊기고 말았다.

아버지와 식구들은 걱정으로 하루하루를 지냈다. 아버지는 참다 못해 아르헨티나에 있는 이탈리아 영사관에 편지를 해, 이탈리아 부인을 찾아 달라고 부탁했다.

석 달 만에 영사관에서 회답이 왔다. 아르헨티나의 모든 신문에 광고를 내어 찾아보았으나 그런 사람은 없다는 것이다. 가족들의 근심은 더해 갔다. 가족들은 그대로 있을 수가 없었다. 하지만 아버지와 누나가 일을 그만두고 찾아나선다면, 수입이 끊겨 당장 살아갈 수가 없으니 그렇게 할 수 없었다.

집안에서 떠날 수 있는 사람은 마르코뿐인데, 열세 살밖에 되지 않은 어린것을 한 달도 더 걸릴 먼 외국으로 보낸다는 것은 생각도 못 할 일이었다. 집안 형편을 잘 아는 마르코는 아버지와 누나를 대신해서 어머니를 찾으러 가겠다고 졸라 댔다.

"아버지, 걱정 마세요. 저처럼 어린데도 아르헨티나에 갔다 온 아이가 있대요. 저라고 못 가겠어요? 저를 보내 주세요."

마르코는 아버지를 졸랐다. 아버지는 들은 체도 하지 않았다. 그런데 마침 아버지가 잘 아는 선장이 마르코네의 어려운 사정을 알고, 아르헨티나까지 가는 3등칸 배표를 공짜로 주겠다고 했다. 그러자 마르코의 아버지도 어머니가 몹시 걱정되어 마르코의 청을 들어주었다. 그러나 아버지는 근심스러운 표정이었다.

4월의 어느 날 밤, 마르코는 눈물짓는 아버지와 누나의 전송을 받으며, 아르헨티나로 가는 배에 올랐다.

배가 떠나려 하자 아버지는 마르코의 머리를 어루만지며 말했다.

"마르코야, 기운을 내야 한다. 하느님께서 반드시 너를 도와주실 거다."

마르코는 어떤 고생이라도 끝까지 참고 어머니를 찾겠다고 결심했다.

배는 지브롤터 해협을 지나 대서양으로 나섰다. 무섭고 지루한 여행이 계속되었다. 이탈리아의 제노바 항을 출발한 뒤 27일째 되는 날에 아르헨티나의 라플라타강에 닿았다. 여기서 배를 갈아타야 했다.

마르코가 배에서 내리려고 주머니에 손을 넣었는데, 어찌 된 일인가? 돈을 모두 도둑맞았다. 보따리에 넣은 돈 몇 푼밖에 남지 않았다. 그러나 어머니를 만난다는 기쁨으로 마르코는 잃어버린 돈을 생각하지 않았다.

작은 증기선으로 갈아타고 또 더 작은 배로 옮겨 타고 해서 드디어 부에노스아이레스에 도착했다. 지루하고 먼 여행으로 피곤한 것도 잊고, 마르코는 그리운 어머니를 만날 것이라는 기대에 가슴이 뛰었다. 마르코는 다른 사람들보다 먼저 배에서 내렸다. 그리고 이탈리아 사람에게 물었다.

"아저씨, 로스아르테스 거리는 어디로 가나요?"

그는 옷이 찌들고 머리가 길게 자라 덥수룩해진 마르코를 보더니 친절히 가르쳐 주었다.

로스아르테스 175번지에 마르코네 아저씨가 하는 가게가 있다. 아저씨네 집만 찾으면 어머니를 만난 것이나 다름없다.

마르코는 네거리에서 쉽게 175번지를 찾았다. 마르코의 가슴은 뛰었다. 175번지 가게 앞에 안경을 쓴 할머니가 앉아 있었다. 마르코는 너무 반가워 말이 잘 나오지 않았다.

"여기가 메렐리 씨 가게지요?"

"메렐리 씨는 여기 없다. 일이 잘 안 되어 이사 갔어. 그런데 이사 가자마자 병으로 죽었다는구나."

"예?"

마르코는 눈앞이 캄캄해지고 온몸의 기운이 쑥 빠졌다. 조금 전까지 웃음이 넘치던 얼굴이 굳어지고 자기도 모르게 눈물이 글썽글썽해졌다. 그러나 다시 기운을 내어 물었다.

"혹시 메렐리 씨한테서 저의 어머니에 대한 이야기를 들으신

적이 있으세요? 제 어머니는 이탈리아 사람인데, 메렐리 씨의 소개로 메키네스 씨 댁에서 가정부로 일을 했어요. 메키네스 씨 댁을 알 수 있을까요?"

할머니는 마르코가 측은해 보였던지 친절히 말했다.

"나는 잘 모르지만, 전에 메렐리 씨 밑에서 일하던 아이가 있으니 물어보자."

할머니는 젊은 남자를 데리고 나왔다.

"너 죽은 메렐리 씨가 드나들던 메키네스 씨 집을 알고 있니?"

"네, 로스아르테스 거리 막다른 집이지요."

마르코는 다시 기운이 솟았다.

"저를 그곳까지 좀 데려다 주실 수 있나요?"

"따라오너라."

오래 걸리지 않아 마당에 꽃이 많이 피어 있는 커다란 집 앞에 닿았다.

초인종을 누르자 한 소녀가 나왔다.

마르코는 가슴이 두근거리는 것을 누르며 물었다.

"여기가 메키네스 씨 댁입니까?"

"코르도바로 이사 갔어요."

"메키네스 씨 댁 가정부도 데려갔나요? 그분이 우리 어머니인데……."

마르코는 눈물이 나는 것을 억지로 참았다.

"아버지가 아시는데, 잠깐 기다려요."

소녀는 아버지하고 나왔다. 소녀의 아버지는 신사였다.

"네 어머니가 제노바 사람이냐?"

"네."

"네 어머니는 메키네스 씨네와 코르도바에 갔다."

마르코는 어머니에 대한 이야기를 들으니 어머니를 본 것처럼 반가워 기운이 났다.

"가엾어라. 코르도바는 여기서 2천 리나 되는데……."

기뻐하는 마르코를 실망시키는 것이 딱한 듯 신사는 말했다. 2천 리나 된다는 소리에 마르코는 얼굴이 파랗게 질려 부끄러운 줄도 모르고 대문에 기대어 훌쩍였다.

"너무 낙심 마라. 내가 네 어머니를 만나도록 도와주마. 자, 우선 안으로 들어가자."

신사는 안으로 들어가 마르코의 사정 이야기를 자세히 들었다. 그리고 무엇인가 한참 생각하더니 편지를 썼다. 신사는 편지를 마르코에게 주며 말했다.

"여기서 두 시간쯤 가면 보카라는 동네가 나올 거다. 거기에 가거든 여기에 적힌 사람을 찾아 편지를 주어라. 그러면 그가 내일쯤 너를 로사리오로 보내 줄 거다. 로사리오에 가서 누구한테든 부탁하면 너를 코르도바까지 데려다 줄 거야."

신사는 마르코에게 돈을 얼마 주었다.

"기운을 내라. 코르도바에 가면 꼭 어머니를 찾을 수 있을 거다."

"고맙습니다."

마르코는 그 집을 나왔다.

보카 마을에 닿아 다행히 신사가 이야기한 사람을 만나 그분이 정해 준 집에서 그날 밤을 지냈다. 이튿날 저녁때, 과일을 잔뜩 실은 범선이 로사리오로 떠나기로 되어 있었다.

마르코는 이 배를 탔다. 배 여행은 3, 4일간 계속되었다. 굉장히 큰 파라나강을 지나갔는데, 마르코는 그 강이 이탈리아의 포강보다 훨씬 큰 것에 놀랐다.

배 여행도 내일이면 끝나게 된다. 뱃사람들은 유쾌한지 갑판 위에서 이탈리아 노래를 불렀다. 마르코는 그 노래를 듣자, 걱정하고 있을 아버지와 누나, 어릴 때 자장가를 불러 주던 어머니 생각이 나서 그만 마룻바닥에 엎드려 울고 말았다.

울고 있는 마르코를 보자 뱃사람들이 노래를 그치고 말했다.

"얘, 그렇게 울면 안 된다. 어떤 고통을 당하더라도 제노바의 남자는 울면 못써. 제노바 남자는 세계 어느 곳에 가든지 가슴을 쭉 펴고 가야 하는 거야."

마르코는 이 말을 듣고 주먹을 불끈 쥐었다.

"나도 제노바 남자다. 아무리 고통스러운 일이 있더라도 참지 않으면 안 된다. 어머니가 세계 끝에 있다 하더라도 어머니를 찾아야지."

범선은 로사리오에 닿았다.

마르코는 보카 마을 사람이 준 명함에 적힌 집을 겨우겨우 찾았다. 초인종 끈을 당기자 무섭게 생긴 남자가 나와 무뚝뚝하게 말했다.

"우리 주인 말이냐? 어제 가족들과 부에노스아이레스에 갔다. 이 달 말에나 돌아오실 거다."

마르코는 기가 막혀 말이 안 나왔다. 마르코는 한참 만에야 애원하는 목소리로 말했다.

"저는 이곳에 아는 사람이라곤 없는데……. 아저씨, 어떡하면 좋죠?"

"흥, 우는 소리 그만둬라. 로사리오에 아직도 이탈리아 거지가 모자란단 말이냐? 너희 나라에나 가서 거지 노릇 해라."

그는 눈을 흘기며 문을 쾅 닫고 들어갔다.

마르코는 할 수 없이 발길을 돌렸다. 어디로 가야 할지 몰라 그냥 걸으며 '이탈리아 거지'라고 몇 번이고 중얼거렸다.

얼마를 걷다가 마르코는 길바닥에 주저앉았다. 눈물이 끝없이 흘렀다. 길에 앉아 울고 있는 마르코 앞을 많은 사람들이 지나갔으나, 아무도 거들떠보지 않았다.

얼마가 지났는지, 마르코 귀에 귀익은 목소리가 들렸다.

"여기서 뭘 하고 있니?"

마르코가 놀라 돌아보니, 제노바에서 같은 배를 타고 온 할아버지였다. 놀랍고 반가워 벌떡 일어나 서럽게 울었다. 할아버지도 놀랐던지 묵묵히 마르코의 머리를 쓰다듬다가 어떻게 된 일이냐고 물었다.

마르코의 지나온 사정 이야기를 다 들은 할아버지는 혀를 차며 말했다.

"참 가엾구나. 어린것이 이런 고생을 하다니……. 안심해라, 할아버지가 어떻게든지 돈을 모아 줄 테니 따라오너라."

할아버지는 마르코 손을 잡고 술집 같은 곳으로 들어갔다.

"제노바 친구 여러분, 잠깐만 조용히 하시고 내 이야기를 좀 들으시오."

할아버지는 마르코를 앞에 내세워 딱한 사정 이야기를 했다.

"여러분들은 이 어린것을 집 없는 개처럼 낯선 거리에서 울며 떠돌아다니게 내버려 두시겠소, 아니면 몇 푼씩 거두어 코르도바까지 갈 차비를 마련해 주겠소?"

조용하던 방 안이 웅성웅성해졌다.

"다들 조금씩 냅시다."

시커멓게 구레나룻이 난 뚱뚱한 남자가 말하자, 모두들 찬성을 했다.

할아버지가 모자를 돌리자 너도나도 모자에 돈을 넣었다. 할아버지는 그곳에서 거둔 꽤 많은 돈을 마르코에게 주면서 용기를 북돋워 주었다.

"기운을 내야 한다. 네 어머니는 잘 계실 거다."

여러 사람들의 따뜻한 인정으로 마르코는 다음 날 코르도바로 가는 기차를 탔다. 마침내 기차는 코르도바 역에 도착했다. 사람들에게 메키네스 댁을 물었더니, 성당 옆이라고 했다.

마르코는 너무 기뻐 뜀박질을 해서 성당 옆집까지 한숨에 달려가 초인종을 힘껏 눌렀다. 어머니가 금방 '마르코!' 하며 놀라 뛰어나올 것 같았다. 그런데 등불을 켜 들고 나온 것은 낯선 할머니였다. 마르코는 숨을 헐떡거리며 물었다.

"메키네스 씨 계십니까?"

"아, 또 메키네스 씨야? 그를 찾는 사람들 때문에 석 달 동안이나 시달려 귀찮아 죽을 지경인데. 메키네스 씨는 투쿠만으로 이사 갔다."

"투쿠만이라는 데는 여기서 얼마나 떨어졌는데요?"

"운이 나쁘구나. 투쿠만까지는 6, 7백 킬로미터나 되는데."

마르코는 정말 미칠 것 같았다. 누군가가 놀리고 있어 어머니를 영영 만나지 못하게 하는 것은 아닌가 싶어 무서웠다. 마르코는 추워서가 아니라 무서워서 떨기 시작했다.

할머니는 마르코의 비참한 모양을 한참 바라보다가 말했다.

"좋은 수가 있다. 이 길로 곧장 가다가 오른쪽으로 꺾어 가면 카파타스라는 상인이 살고 있다. 그는 구망까지 마차를 갖고 장사하는 사람인데, 내일 짐을 싣고 떠날 거다. 네가 가서 일을 도와주고 짐마차에 태워 달라면 될 거야."

마르코는 고맙다는 인사를 하고 그 집을 찾아갔다. 주인을 찾아서 사정 이야기를 하고, 무슨 일이든 할 테니 투쿠만까지 마차에 태워 달라고 부탁했다.

어린애가 무엇을 할 줄 알겠느냐며 내켜하지 않던 그는, 마르코가 하도 부탁을 하니 할 수 없다는 듯이 대답했다.

"태워 주기는 하겠지만 단단히 각오를 하지 않으면 안 된다. 20일도 더 걸리는 아주 고생스러운 여행이다. 그리고 이 마차는 투쿠만까지 가는 게 아니라, 투쿠만에 훨씬 못 미쳐서 다른 길로 갈라져 가니, 너는 거기에서 내려 걸어가야 한다."

"아무래도 괜찮습니다. 가는 도중에 일도 하겠습니다."

"좋다. 그럼 오늘 밤은 아무 마차나 비어 있는 데서 자거라. 내일 새벽 4시에 떠난다."

마르코는 주인에게 수없이 감사하다고 인사를 하고 빈 마차에 들어가 깊이 잠들었다.

이튿날 새벽, 별빛을 받으며 짐마차의 긴 행렬은 요란한 소리를 내며 출발하기 시작했다. 마르코는 큰 보따리를 가득 실은 짐마차 한구석에 탔다.

짐마차는 매일 새벽 4시에 출발해서 9시에 쉬고, 오후 5시에 다시 출발해서 밤 10시가 되면 가는 것을 멈추었다.

이와 같이 짐마차들의 여행은 군인들의 행군처럼 규칙적으로 계속되었다.

길은 끝이 없고, 사방 어디를 둘러보나 망망한 바다 같은 벌판뿐이고, 며칠을 가도 사람을 만나는 일이 별로 없었다. 마차의 행렬이 멎으면, 마르코는 불을 피우고 소나 말에게 먹이를 주고 물을 찾아 길어다 주기도 했다.

마차꾼들은 마르코를 마치 하인이나 되는 듯이 마구 부렸고, 주인이 보지 않는 데서는 마르코가 일하는 것이 느리다고 때리기도 했다. 어린 마르코의 몸은 매일매일의 고된 일로 지칠 대로 지쳤고, 높은 짐마차 위에 타고 있어 너무 흔들거려 제대로 잠을 자지 못했다.

하루하루 기운이 빠져 가던 마르코는 심한 병에 걸리고 말았

다. 몸이 불같이 뜨겁고, 헛소리를 했다. 누구 한 사람 따뜻이
위로해 주지 않았지만, 다행히 주인이 자상하게 보살펴 주어
며칠 만에 나았다.

　마르코에게는 괴로운 여행이었으나, 어느덧 길을 떠난 지 2
주일이 넘었다. 이제 짐마차 일행과 헤어져 혼자서 투쿠만까
지 걸어가야만 할 곳도 멀지 않았다. 드디어 헤어져야 할 곳에
이르렀다. 주인은 마르코가 불쌍하고 혼자 가는 게 못 미더웠
던지, 마르코의 손을 꼭 쥐고 말했다.

"자, 우리는 여기서 너와 헤어져야만 한다. 기운을 내렴. 잘 가거라."

그는 마르코가 걷기에 편리하도록 짐을 간단히 메어 주고, 혼자 떨어져 외로이 가는 마르코를 향해 오랫동안 손을 흔들어 주었다.

첫날은 힘닿는 데까지 거의 뛰다시피 하며 걸었다. 밤이 되어 큰 나무 밑에 자리를 만들어 놓고 잠을 청하려 했으나 풀숲에서 바스락거리는 소리에 뱀이 나오는 줄 알고 깜짝 놀랐다.

마르코는 투쿠만을 향해 쉴 새 없이 걷고 걸었다. 나흘, 닷새, 일주일이 지났다. 이제는 걷기가 참으로 괴로웠다. 배는 고프고, 작은 발바닥에는 피가 맺혀 몹시 아팠다.

마르코는 드디어 투쿠만에 도착했다. 눈앞에서 투쿠만 시가지를 보자 마음이 급했다. 그러나 몸이 너무 피로해서 걸어지지가 않았다. 마르코는 절름거리며 물어볼 만한 곳을 찾으려고 두리번거렸다. 마침, 이탈리아 사람 이름이 씌어 있는 문패가 눈에 띄었다. 마르코는 천천히 문 앞으로 가서 물었다.

"아저씨, 메키네스 씨 댁을 아세요?"

"메키네스 씨는 이곳에 안 산다."

"네? 안 살아요?"

마르코는 자기도 모르게 비명을 지르고 그 자리에서 쓰러졌다. 그 남자는 깜짝 놀랐다. 근처에 있던 사람들도 뛰어왔다.

"어찌 된 일이냐? 아주 피로해 보이는구나!"

남자는 마르코를 안고 집 안으로 들어갔다.

얼마 후 마르코가 정신을 차리자 남자가 말했다.

"걱정할 것 없다. 여기는 아니라도 바로 이 근방이다. 여기서 한 50리 가면 큰 사탕 공장이 있는데, 그 옆이다."

"내가 한 달 전에 그 집에 있었다."

옆에 있던 남자가 말했다. 마르코는 눈을 크게 뜨며 그 사람에게 매달렸다.

"그럼, 아저씨는 메키네스 씨 댁에서 일하고 있는, 이탈리아에서 온 가정부를 아시겠네요."

"알고말고. 제노바 여자 말이지?"

마르코는 찡그린 얼굴로 훌쩍였다.

"그분이 우리 어머니예요. 어느 쪽으로 갑니까? 길을 좀 가르쳐 주세요."

"거기까지는 하루 걸린다. 너는 몹시 지쳐 있으니, 오늘 밤은 여기서 쉬고 내일 아침 일찍 떠나거라."

"아닙니다. 일분 일초도 기다릴 수 없는걸요. 가다가 죽어도 좋아요. 저는 지금 가겠어요. 길 좀 가르쳐 주세요.”

처음에는 모두들 반대하다가 마르코가 거듭 간청하자 입을 다물었다. 마르코를 둘러싸고 있는 사람들 가운데 여자들은 모두 눈물을 흘렸다.

“저렇게 어린것이, 쯧쯧…….”

한 남자가 마르코의 손을 잡으며 말했다.

“그러면 가 보아라. 가는 길에 큰 숲이 있으니, 그곳을 지날 때는 아주 조심해야 한다.”

그는 마르코를 데리고 시가지 밖으로 가서 사탕 공장으로 가는 길을 자세히 일러 주었다.

마르코가 큰 숲에 닿았을 때는 한밤중이었다. 마르코는 몸이 늘어졌으나 무서움에 피로한 줄도 몰랐다. 끊임없이 마음속으로 어머니를 불렀다.

한편, 메키네스 씨 집에 있는 마르코의 어머니는 심한 병으로 고통을 받고 있었다. 메키네스 씨 집은 강 근처에 있었다. 어머니는 부에노스아이레스를 떠날 때 건강이 조금 나빠졌다. 코르도바에 도착해서 병세가 더 안 좋아졌는데, 부에노스아이레스에 살고 있는 아버지의 사촌에게 편지를 할 때마다 전부 되돌아오자 고향 집에 대한 걱정이 쌓이고 쌓여, 병이 점점 더

심해졌다.

　메키네스 씨는 어머니에게 수술을 시키려고 했다. 의사는 수술을 하지 않으면 어머니가 돌아가실 것이라고 했다. 그러나 어머니는 수술을 받으려 하지 않았다. 모든 희망을 잃은 어머니는 죽어도 좋다며 거절했다. 의사가 수술을 해야 된다고 간곡히 권하면, 어머니는 이렇게 말했다.

　"선생님, 수술받는 게 무서워서가 아닙니다. 집에 돌아갈 희망도 없는 저 같은 사람이 수술을 받아서 뭐 합니까? 죽을 몸이면 차라리 이대로 조용히 죽는 편이 나을 것 같아요."

　애처로운 어머니의 모습을 보고 아무도 말을 하지 못했다.

　어느 날, 어머니는 주인 아주머니를 향해 눈을 감은 채 조용히 말했다.

　"친절하신 주인 마님, 오랫동안 마님께 괴로움만 끼쳐 드리고 죽게 되었습니다. 마님에게서 받은 은혜는 죽어서라도 갚고 싶습니다. 마지막 부탁이 있습니다. 제게 얼마쯤의 돈이 있는데 그 돈을, 제가 쓰던 하찮은 물건들과 함께 제노바에 있는 저의 집으로 부쳐 주세요. 그리고 제가 가족들의 얼굴을 보지 못하고 죽는 것이 너무나 안타깝다고 편지로 전해 주시기 바랍니다."

말을 마치고 어머니가 눈을 떴을 때, 방 안에는 주인 아주머니의 얼굴이 보이지 않았다. 간호사 두 사람과 간호조무사뿐이었다.

그때 가냘픈 어린애 목소리가 났다. 다 낡은데다 때와 먼지로 더러워질 대로 더러워진 여름 옷을 입고 금방이라도 쓰러질 것 같은 소년이 주인을 찾고 있었다.

"여기가 메키네스 씨 댁입니까?"

"너는 누구냐?"

"우리 어머니는……."

"네 어머니라니? 그러면 네가 마르코냐?"

"네, 제노바에서 어머니를 찾으러 왔어요."

"마르코……."

주인 아주머니는 마르코를 와락 껴안고 그만 울음을 터뜨렸다. 마르코도 참았던 울음을 터뜨렸다.

"우리 어머니는 어떻게 되셨어요?"

곁에 있던 사람들까지 따라 울자 마르코는 어머니가 돌아가신 게 아닌가 해서 깜짝 놀라 물었다.

"아가, 괜찮다. 어머니는 좀 편찮으시지만, 이제 네가 왔으니 곧 나을 거다. 암, 낫고말고. 어머니는 하루에도 수십 번씩

네 이름을 부르며 기다리셨단다. 자, 들어가자. 어머니가 얼마나 기뻐하시겠니…….”

마르코의 눈에서 뜨거운 눈물이 방울방울 흘러넘쳤다.

마르코를 어머니가 누워 있는 옆방에 잠시 앉혀 놓고, 의사 선생님과 주인 아저씨, 아주머니가 방으로 들어갔다.

“마르코 어머니에게 아주 기쁜 소식이 있는데, 놀라시면 안 돼요.”

어머니는 주인 아주머니 얼굴을 멀거니 바라보았다.

“내게 무슨 좋은 소식이 있겠습니까?”

“당신이 제일 좋아하고 죽기 전에 꼭 보고 싶다던 사람이 지금 막 도착했어요.”

“누군데요?”

주인 아주머니가 미처 대답도 하기 전에 방문 앞에 너덜너덜 찢어진 옷을 입은 마르코가 나타났다.

“아니, 마르코!”

팔 하나도 마음대로 움직이지 못하던 어머니가 침대에서 벌떡 일어나 앉았다.

“마르코, 네가 어떻게 여기를…….”

마르코는 어머니를 향해 뛰어갔다.

어머니는 오랜 병으로 앙상히 마른 가느다란 두 팔로 마르코를 꼭 안았다.

"어떻게 여기를 왔니? 이게 꿈이 아니냐, 응? 정말 네가 내 아들 마르코냐?"

"어머니……."

마르코는 어머니 가슴에 얼굴을 파묻고 흐느꼈다.

"그래, 내 아들아, 엄마다. 너를 얼마나 보고 싶어했는 줄 아니? 많이 컸구나."

어머니는 갑자기 의사 선생님을 돌아다보며 말했다.

"선생님, 수술을 받겠어요. 어서 해 주세요."

"마르코, 너는 잠깐 저 방에 가 있거라. 엄마가 빨리 나으면 함께 제노바 집으로 돌아가자."

마르코는 어머니가 무슨 병으로 그토록 괴로워했는지 궁금했지만, 메키네스 씨가 끌고 나가서 물어볼 수가 없었다. 마르코는 방문에 붙어 서서 안에서 들려오는 소리에 귀를 기울였다. 의사 선생님과 조수가 주고받는 말이 어렴풋이 들렸지만 무슨 이야기인지는 알 수 없었다.

"저의 어머니는 어디가 편찮으세요?"

마르코는 근심에 찬 눈으로 메키네스 씨에게 물었다.

"대단치는 않으시다. 수술을 받으면 곧 나으실 게다."

메키네스 씨는 마르코가 너무 걱정하고 서 있는 것이 딱하였던지 다정하게 말했다.

그때, 갑자기 방 안에서 찢어지는 듯한 어머니의 비명이 들렸다. 마르코는 깜짝 놀라 문을 열고 들어가려고 했다.

"어머니가 돌아가셨나 봐요."

그러나 의사 선생님이 먼저 문을 열고 나와서 말했다.

"어머니는 살아나셨다."

의사 선생님이 마르코의 머리를 다정하게 쓰다듬어 주었다.

사랑의 학교

6월

여름

16일 금요일

날씨가 점점 더워졌다. 오늘은 32도나 되는 더위라고 야단들이다. 이렇게 더운 날 공부한다는 것은 참 힘든 일이다.

더위를 타는 넬리는 가엾게도 몹시 핼쑥해졌고, 때때로 공부 시간에 공책을 펴놓고 잠들어 버린다. 짝꿍 가르로네가 책을 펴서 넬리 머리가 보이지 않게 세워 놓아 선생님은 넬리가 자는 것을 잘 모르신다.

데로시는 더위에도 끄떡 않고 아름다운 금발의 고수머리를 나부끼며 공부해 오히려 이상스럽다. 스타르디도 여전히 열심이다. 고집이 세기로 이름난 그는 졸지 않으려고 자기 얼굴을 꼬집고 있다. 재미있는 것은 장사꾼 가로피다. 그는 빨간 색종이로 부채를 만들어, 그 위에다 성냥갑에서 떼어 낸 그림을 솜씨 좋게 붙여 하나에 2전을 받고 판다.

내가 제일 감탄하는 것은 장작 파는 집의 코레티다. 코레티는 매일 아침 5시에 일어나 학교에 올 때까지 아버지를 도와 그 조그마한 팔로 장작을 나른다. 너무 피곤한 코레티는 11시쯤이면 머리가 책 위에 늘어져 있다. 그래도 그는 졸지 않으려고 세수도 하고, 자신의 무릎을 꼬집기도 한다. 그런데 오늘은 그만 깊이 잠들고 말았다.

선생님이 자는 그를 부르셨다.

"코레티! 코레티!"

그러나 코레티는 알아듣지 못했다. 그때 코레티 옆집에 사는 숯집 아들이 말했다.

"선생님, 코레티는 매일 아침 5시부터 7시까지 아버지를 도와 장작을 나릅니다."

이 말을 들은 선생님은 아무 말 없이 고개만 끄덕이시더니 수업을 계속하셨다.

수업이 끝난 뒤에 선생님은 코레티 쪽으로 가시더니, 코레티를 조심스럽게 깨우셨다. 잠이 깬 코레티는, 선생님을 보고 기겁을 하며 몸을 움츠렸다. 그러나 선생님은 그의 머리를 쓰다듬으며 부드럽게 말씀하셨다.

"코레티, 야단치려는 게 아니니까 안심해라. 네가 게을러서 조는 것이 아니라 일을 많이 해 피곤해서 그렇다는 것을 잘 알고 있다. 넌 참 착한 아이다."

코레티는 얼굴을 푹 숙이고 아무 말도 못 했다.

소풍

19일 월요일

오늘은 그렇게도 기다리던 소풍날이다.

어제 잠이 들 때까지 비가 오면 어떻게 하나 마음을 졸였는데, 환한 아침 햇살을 보니 기분이 날아갈 듯 좋았다.

나는 아버지 방으로 뛰어갔다. 신문을 보시던 아버지는 웃으며 말씀하셨다.

"엔리코, 오늘은 네 친구들과 마지막으로 가는 소풍이니 마음껏 즐겨야 한다."

나는 1년 동안 정든 친구들과 헤어진다는 생각에 조금 우울해졌다.

모이기로 한 스타투토 광장에 모두들 나와 있었다. 아이들은 과일, 찐 달걀, 소시지 등을 들고 뛰어다니며 야단법석이었다.

코레티는 아버지와 같이 와서 기분이 좋은 것 같았다. 프레코시는 2킬로그램도 넘을 큰 빵을 옆에 끼고 있었다.

우리는 마차를 타고 그란 마드레까지 가서, 거기서부터 산까지 걸어 갔다. 커다란 나무 밑으로 들어가니 그늘이 서늘하여 시냇물 흐르는 소리가 더욱 상쾌했다.

여기저기 아름답게 피어 있는 예쁜 꽃들과 더위도 모르는 듯
열심히 우는 매미와 산벌레들의 울음소리가 참으로 즐거웠다.
모두들 시냇물에 얼굴과 발을 씻었다. 내 옆에서 서투른 휘파
람 소리가 들려서 돌아보니, 프레코시가 입술을 쫑그리고 휘
파람을 불었다.

데로시는 이상한 풀이나 곤충을 볼 때마다 우리에게 그 이름
을 가르쳐 주었다.

가르로네는 어머니가 돌아가신 뒤부터 풀이 죽어 별로 말을
하지 않는다. 그래도 여전히 약한 친구들을 도와준다. 프레코

시가 길 가운데 서 있는 소가 무서워서 멈칫거리는 것을 보고는 뛰어와 소를 가로막고 서서 프레코시가 지나가게 했다.

마침내 산등성이에 닿았다. 우리는 뛰고 구르고 먼 산을 향해 목이 터지도록 소리를 지르기도 했다. 모두들 즐겁게 노는데 가로피는 바쁘게 돌아다니며 예쁘게 생긴 돌멩이를 주워 부지런히 주머니에 넣었다.

제일 높은 꼭대기에 올라가니, 멀리 알프스산의 높은 봉우리가 그림처럼 보였다. 그 경치란 무어라 말할 수 없이 아름다웠다.

우리는 둘러앉아 점심을 먹었다. 코레티는 아버지와 마주 앉아 먹고 있었다. 점심이 끝나자 이야기는 자연히 학기말 시험으로 옮아 갔다. 이번이 마지막 시험이다. 이 시험이 끝나면 모두들 뿔뿔이 헤어져야만 한다.

코레티 아버지가 말씀하셨다.

"지금은 서로들 아무 구별이나 차이가 없이 친하지만, 학교를 나와서 신분과 지위가 달라지게 되면, 지금처럼 허물 없는 친구로 사귀기는 어려울 거다."

그러자 데로시가 얼른 대답했다.

"그럴 리가 있겠습니까? 우리는 언제 어디서나 지금같이 친

한 친구들입니다. 만일 우리 가운데 한 사람이 러시아 황제가
된다고 해도, 그는 옛 친구들을 만날 겁니다."

"그럼요, 우리들은 영원히 좋은 친구로 지낼 겁니다."

코레티 아버지는 즐거우신 듯 크게 말씀하셨다.

"그래야지. 참 좋은 말이다. 그런 친구들이야말로 훌륭한 사
람들이다."

코레티 아버지는 웃으시며 다시 말씀하셨다.

"자, 그러면 가난한 사람이나 부자나 차별 없이 한 가족처럼
대해 주는 고마운 학교를 위해서 만세를 부르자."

모두들 따라 웃었다.

하루 종일 놀고 노래를 부르고 하는 사이, 어느덧 해가 뉘엿
뉘엿 넘어갔다. 산을 내려와 시냇가까지 오니 벌써 해가 지고
어두워지기 시작했다. 어두워진 그곳에서는 수천 마리의 반딧
불이가 날아다녔다.

오늘은 참으로 유쾌한 날이었다.

난파선

12월, 무거운 구름이 하늘을 뒤덮고 있는 어느 날 아침이었다. 영국 리버풀 항구에서 큰 기선이 길게 고동을 울리며 출항했다. 이 배에는 일흔 명의 승무원을 합해 2백 명도 넘는 사람들이 타고 있었다.

그 가운데, 열두 살 정도 된 이탈리아 소년이 3등 선실에서 혼자 여행을 했다. 배가 물결을 헤치며 서서히 항구를 벗어나자, 소년은 선실을 나와 뱃전에 말아 놓은 큰 밧줄 위에 앉아 흐린 하늘과 검푸른 바다를 걱정스러운 듯이 바라보았다.

옷은 남루하고, 가진 것이라고는 다 떨어진 여행 가방과 낡을 대로 낡은 가죽 가방 하나뿐이었다. 이것만 보아도 소년의 가난하고 불행한 처지를 쉽게 짐작할 수 있었다.

배는 항구를 나와 망망한 바다를 힘차게 나아갔다. 소년이 배에 부딪쳐 흩어지는 물결을 보고 있는데, 승선할 때 알게 된 이탈리아 선원이 다가왔다.

"마리오, 또래 친구를 한 명 데려다 줄까?"

선원은 선실로 들어가더니, 마리오보다 조금 클까 말까 한
소녀를 데려왔다.

"심심한데 둘이서 놀아라."

선원은 바쁜 듯이 갑판 위로 갔다.

소녀는 아무 말 없이 소년과 나란히 밧줄 위에 앉았다.

"이름이 뭐니?"

"줄리에타."

"난 마리오야. 그런데 넌 어디로 가니?"

"말타에 계신 아버지와 어머니를 만나러 가."

마리오는 한참 말없이 앉아 있다가 가방에서 과자와 빵을 꺼
냈다. 그것을 보고 줄리에타도 비스킷을 꺼내 둘이서 나누어
먹었다.

그들은 과자를 먹으며 서로 자기의 사정 이야기를 했다. 마
리오는 아버지가 노동자였는데 얼마 전에 돌아가셔서 이제 가
까운 가족이라고는 아무도 없는 고아였다. 그래서 팔레르모에
있는 먼 친척집을 찾아가는 길이었다.

줄리에타는 런던에 있는 부유한 아주머니 댁에서 살았다. 그
러나 불행히도 그 아주머니가 돌아가셔서 가난한 부모님 곁으
로 가는 길이라고 했다.

“저것 좀 봐. 파도가 아주 높아지네?”

파도는 아까보다 훨씬 높고 거칠어졌다. 검은 구름이 점점 무섭게 덮이고 바람이 일기 시작했다.

선원들의 표정도 근심에 싸인 듯했다.

줄리에타는 마리오에게 물었다.

“그럼, 너 지금부터는 그 친척집에서 살겠구나?”

“글쎄, 그곳에서 지내게 해 줄지 모르겠어.”

두 아이는 이런 이야기를 하며 종일 같이 있었다.

침침한 바다 위에 어둠이 덮였다. 어둡기를 기다렸다는 듯이, 저녁이 되자 물결은 더욱 거칠어지고 바다는 무시무시하게 으르렁거렸다.

밖에 나와 있던 사람들은 모두 선실로 들어갔다. 낮에 웅성대던 사람들도 이제는 아무 말 않고 두려운 듯이 웅크리고 앉아 있었다.

“마리오, 잘 자.”

줄리에타가 일어서는 것을 보고 아까 그 선원이 말했다.

“바다가 이렇게 되면 편히 누워 있을 수도 없단다.”

마리오도 일어나 줄리에타에게 잘 자라고 인사할 때, 갑자기 산 같은 파도가 밀려와 배를 때렸다.

마리오는 쓰러져 의자 밑에 깔렸다.

"앗, 큰일이네! 피 좀 봐!"

줄리에타는 마리오에게 뛰어와 피가 솟는 머리를 꼭 눌렀다. 그리고 머리에 매고 있던 리본을 풀어 마리오의 머리 상처를 싸매었다.

줄리에타 옷에 마리오의 피가 빨갛게 물들었다.

"피가 묻어 어떡하니?"

"괜찮아."

줄리에타는 생긋 웃으며 말했다.

"그럼, 이제 가서 자도록 해."

"아프지 않니?"

"참을 수 있어. 이까짓 것은 아무것도 아냐."

두 아이는 제각기 선실로 돌아갔다.

선원이 말한 대로 무서운 파도가 일어 선실마다 아우성치는 소리가 들렸다. 밤새도록 질러 대는 어린아이들과 여자들의 비명으로 잘 수가 없었다. 더구나 배가 몹시 기우뚱거려 꼭 붙잡지 않으면 몸이 공처럼 굴러 다녔다.

무섭고 지루한 가운데 날이 밝았다. 그러나 아침이 되자 파도는 더욱 심해졌다. 그래도 사람들은 밤보다는 불안과 무서

움이 조금 덜한 듯했다. 그런데 선실에 물이 들어와 다시 야단이 났다. 사람들은 저마다 높은 데로 가려고 아우성을 쳤지만 갈 곳이 없었다. 파도는 갑판까지 뒤덮어 모든 것을 휩쓸어 버렸다.

그때, 선장이 나타났다. 회색 머리카락은 사나운 바람에 날리고 얼굴은 근심으로 어두웠다.

모두들 선장을 에워싸고 물었다.

"선장님, 우리들은 어떻게 되는 겁니까?"

선장은 여러 사람들을 둘러보고 무거운 목소리로 조용히 말했다.

"여러분, 지금까지 할 수 있는 모든 방법을 다 썼으나 이제는 더 어떻게 해 볼 도리가 없습니다. 바람이 자지 않고 파도가 지금처럼 계속 사납게 몰아치면, 이 배는 앞으로 몇 시간밖에 지탱하지 못할 겁니다. 곧 보트를 내리겠습니다."

말하는 선장의 목소리는 몹시 떨렸다.

여기저기서 울음이 터졌다. 보트가 내려졌다.

선원 다섯 사람이 올라타자마자 파도에 휩쓸려 뒤집히는 바람에, 여러 사람의 눈앞에서 선원 두 사람이 빠져 죽었다. 이를 본 사람들은 더욱 공포에 휩싸였다.

마리오와 줄리에타는 꼭 붙어서 돛대 기둥을 잡고 있었다.

"큰 보트를 내려라!"

선장은 목이 터지도록 크게 소리쳤다. 배에 있던 마지막 보트이다. 선원 열네 사람과 승객 세 사람이 탔다.

"아직 한 사람 더 탈 수 있겠는데, 어린아이는 없습니까?"

보트에 타고 있던 선원들이 외쳤다.

그 소리를 듣고 마리오와 줄리에타가 뛰어갔다.

"저를 태워 주세요."

두 아이는 서로 애원했다.

"조그만 아이라야 된다. 그렇지 않으면 배가 뒤집혀서 모두 죽는다!"

줄리에타는 가슴이 뜨끔했다. 왜냐하면 자신이 마리오보다 조금 컸기 때문이다. 마리오는 흘끗 줄리에타를 보았다. 줄리에타가 기가 죽어 울 듯한 얼굴로 자신을 보고 있었다.

그 순간 마리오 눈에 줄리에타의 앞자락에 물들어 있는 검붉은 피가 보였다. 저 아래에서 빨리 타지 않으면 그냥 가 버리겠다고 소리쳤다.

순간 마리오는 우렁찬 소리로 외쳤다.

"애를 태워 주세요. 줄리에타, 너는 아버지와 어머니가 기다리신다."

"그 애를 빨리 바다로 던져라."

선원들이 소리치자 마리오는 줄리에타를 힘껏 바다로 밀었다. 줄리에타는 바다 속으로 풍덩 떨어졌고, 기다리던 선원들이 뛰어들어 줄리에타를 보트 위로 끌어올렸다.

"마리오……."

줄리에타는 소년을 향해 손을 흔들며 흐느꼈다.

"잘 가, 줄리에타."

마리오는 뱃전에 서서 금빛 머리카락을 휘날리며 소녀를 향해 손을 흔들었다. 보트는 멀어져 갔다.

물결이 뱃전 위로 몰아치며 올라오고, 배는 반쯤 물속에 잠겼다. 사람들의 아우성은 파도 소리를 삼키며 하늘과 바다를 흔들 것 같았다.

소년은 갑판에 무릎을 꿇고, 검은 하늘을 보았다. 소년의 얼굴에는 두려운 빛이 조금도 없고, 오히려 입가에는 가는 웃음이 맴돌았다.

한참 만에 줄리에타가 배를 바라보았을 때, 배는 흔적도 없이 사라졌고 배가 있던 자리에는 사나운 물결만이 으르렁거리며 춤을 추고 있었다.

사랑의 학교

7월

시험

4일 화요일

마침내 4학년 마지막 시험이 시작되었다. 우리는 시험 준비로 지쳐 있었다. 어제는 작문 시험이고, 오늘은 수학 시험이다. 코아티 선생님이 시험 감독으로 들어오셨다. 검은 수염을 기른 코아티 선생님은, 큰 목소리로 으르렁거려 모두들 무서워하지만, 선생님은 누구에게도 벌을 주신 적이 없다.

아이들은 모두 긴장하고 있었다. 성적이 나쁘면 낙제를 해서 같은 학년을 한 번 더 다녀야 한다.

문제는 무척 어려웠다. 아이들은 쩔쩔매며 문제를 풀었다. 크로시는 주먹으로 자기 머리를 쥐어박으며 시험 문제와 싸웠다.

선생님은 이리저리 돌아다니며 말씀하셨다.

"잘들 해야 한다, 침착하게……."

시험이 끝나자, 복도에서 기다리던 부모님들이 몰려왔다.

"잘 치렀니?"

"답을 못 쓴 것이 몇 문제니?"

아버지도 내가 문제를 푼 종이를 빼앗아 얼른 보셨다.

"잘했다, 엔리코!"

아버지가 칭찬해 주셨다.

대장장이인 프레코시 아버지도 아들 손에서 문제를 푼 종이를 갖고 와 아버지에게 물어보았다.

"우리 아들이 제대로 시험을 봤습니까?"

아버지는 그것을 보고 말씀하셨다.

"아주 잘 치렀는데요!"

대장간 아저씨와 우리 아버지는 함께 웃으면서 손을 맞잡았다.

나와 아버지가 집으로 돌아오는데, 뒤에서 노랫소리가 들려왔다. 돌아다보니 대장장이인 프레코시 아버지가 부르는 노래였다.

구술 시험

7일 금요일

오늘은 구술 시험을 치르는 날이다.

8시 15분부터 시작되었는데, 한 번에 네 명씩 강당으로 가서 시험을 보았다. 나는 제일 먼저 불려 간 네 사람 가운데 하나였다. 커다란 책상에는, 교장 선생님과 네 분의 선생님이 앉아 계셨다.

우리 반 선생님은 우리가 걱정되는 듯했다. 다른 선생님들이 우리에게 질문할 때마다 우리를 바라보셨다. 우리가 대답을 제대로 못 하면 선생님은 초조해하셨다. 반대로 대답을 척척 잘하면 웃는 얼굴을 하셨다. 또 손과 고갯짓으로 '됐어!', '아니야!', '더 조심해야지!'라고 말하시는 듯했다.

만일 말을 해도 괜찮다면, 선생님은 모든 답을 가르쳐 주고 싶으셨을 것이다. 선생님 한 분이 내게, "됐다. 나가거라." 하셨을 때, 우리 선생님의 눈은 기쁨으로 빛나는 것 같았다.

시험이 끝나 교실로 들어가 가르로네 곁에 앉았다. 구술 시험이 끝났는데도 조금도 즐거운 줄 몰랐다. 이번 가을에 우리는 이사를 가야만 하기 때문이다.

나는 용기를 내어 가르로네에게 말했다.

"가르로네, 우리 이사 간단다."

"그럼, 우리와 함께 진학 못 하겠구나."

가르로네는 많이 놀란 것 같았다.

"응, 싫지만 어쩔 수 없어."

가르로네는 아무 말이 없다가 말했다.

"다른 데로 이사 가더라도 우리를 잊어서는 안 된다."

"잊을 수가 있겠니? 더구나 가르로네 너를……."

가르로네는 내 얼굴을 유심히 보더니 손을 쑥 내밀었다. 나는 그 손을 꼭 쥐었다. 강하고 정직한 일만 하는 그 손을…….

작별의 날

10일 월요일

오늘은 4학년이 끝나는 날이다.

우리는 학교에 모여서 성적 발표를 기다렸다. 교실에는 부모님들이 많이 오셨다.

드디어 선생님이 들어오셨다. 교실이 조용해지기를 기다린 다음, 선생님이 성적표를 발표하셨다.

"이바티, 70점 만점에 60점, 진급. 알키니, 55점, 진급."

꼬마 미장이인 크로시도 진급이었다.

선생님은 계속해서 큰 소리로 읽어 주셨다.

"데로시, 70점 만점. 1등!"

교실 안에 박수 소리가 울려 퍼졌다.

"장한데, 데로시."

데로시도 만족스럽다는 듯 웃으며 자기 어머니를 돌아보았다. 그의 어머니도 한 손을 흔들며 고개를 끄덕이셨다.

가로피, 가르로네, 그리고 칼라브리아에서 온 아이도 진급이었다. 그런데 네 아이가 불합격이었다. 그 가운데 한 아이가 울었다. 문 입구 쪽에 서 있던 그 애의 아버지가 학교에 못 다니게 할 거라며 손짓으로 위협했기 때문이다.

선생님은 우는 아이의 아버지를 보고 말씀하셨다.

"아이의 탓이라고만 할 수 없습니다. 운이 나빠서 그렇게 되는 수도 있으니까요. 앞으로 더 열심히 하면 됩니다."

선생님은 계속 읽으셨다.

"넬리, 62점, 진급. 스타르디, 67점, 진급."

스타르디는 이렇게 좋은 점수를 받고도 웃지 않고 주먹으로 자기 머리를 쥐어박았다. 멋쟁이 보티니는 오늘도 머리를 깨끗이 빗고 왔는데, 그도 진급이었다.

선생님은 마지막 학생의 이름까지 다 부르고 말씀하셨다.

"여러분, 여러분과 한 자리에 있는 것도 오늘로 마지막입니다. 우리는 지난 1년 동안 이 교실에서 함께 지내 왔습니다. 슬프게도 이제는 정든 여러 친구들과 작별 인사를 해야만 하는군요. 끝으로, 그동안 선생님이 여러분에게 필요 이상으로 화

를 냈거나, 또 잘못한 게 있다면 용서해 주기 바랍니다."

우리는 입을 모아 외쳤다.

"아니에요, 선생님. 그런 일은 없었어요."

선생님은 다시 말씀하셨다.

"지금 이렇게 여러분들과 헤어져도 선생님 마음속에는 언제까지나 여러분 생각이 남아 있을 겁니다. 자, 그러면 여러분들, 모두 안녕히."

선생님은 말을 맺고 우리들 자리로 걸어오셨다. 선생님은 아이들과 일일이 인사를 나누셨다.

"선생님, 안녕히 계세요."

"우리들을 잊지 말아 주세요, 선생님."

인사를 나눈 선생님이 교실에서 나가자 모두들 마음이 아픈 듯 조용해졌다.

운동장으로 나온 우리들은 서로 작별 인사를 하느라고 왁자지껄했다. 데로시를 질투하던 보티니가 제일 먼저 그에게 뛰어가 축하하는 것을 보자, 기분이 참 좋았다. 더욱 기뻤던 것은 오늘 처음으로 지팡이를 짚지 않고 학교에 온 로베티에게 모두가 축하를 하는 모습이었다.

나는 프레코시와 가로피에게 작별 인사를 했다. 가로피는 내게 책을 볼 때 책을 눌러 놓는, 쇠로 만든 물건을 선물로 주었다. 나는 반 친구들 모두에게 인사를 하며 돌아다녔다.

불쌍한 넬리는 가르로네에게 꼭 붙어 있었다. 다른 애들도 가르로네를 둘러싸고 즐겁게 떠들고 있었다. 그 모습을 본 가르로네 아버지는 기뻐하셨다.

나는 제일 마지막으로 가르로네와 작별 인사를 했다. 우리는 악수를 대신해서 서로 껴안았다. 참을 수 없이 흐르는 눈물을 보이기가 싫어, 나는 그의 가슴에 얼굴을 파묻고 울음을 삼켰다. 가르로네도 눈물을 글썽거리며 내 이마에 입술을 갖다 대었다.

가르로네와 헤어진 나는 부모님이 계신 곳으로 뛰어갔다. 아버지가 물으셨다.

"반 친구들 모두에게 작별 인사를 했니?"

나는 대답 대신 고개만 끄덕였다.

"누군가에게 나쁜 짓을 한 적이 있다면, 지금 그 아이에게 가서 용서를 빌고 오너라."

"아무도 없어요."

아버지는 내 기분을 잘 안다는 듯이 더 이상 말을 않고 학교를 둘러보셨다. 아버지는 감격에 찬 목소리로 말씀하셨다.

"자 그럼, 정든 학교에도 작별 인사를 해야지."

그렇다. 오랫동안 정들었던 학교와도 이제 작별을 해야 한다. 매일 아침 저녁으로 들락거렸던 학교, 넬리가 땀을 뻘뻘 흘리며 애처롭게 기어오르던 나무 기둥, 친구들과 같이 물을 주어 길렀던 운동장가의 갖가지 아름다운 꽃들……. 이 모든 정든 것들과 영원히 작별해야 한다.

우리가 이사를 가게 되면, 언제 다시 이곳에 와 보게 될지 알 수 없다. 나는 학교 건물, 우리 교실, 운동장 등을 돌아보며 하나하나에 마음속으로 '안녕'을 하였다.

"엔리코, 그만 가자."

어머니가 재촉을 해서 나는 한 번 더 '안녕!' 하려고 했으나, 슬픔에 목이 메어 입밖으로 말이 나오질 않았다.

세계**명**작 시리즈와 함께 논리·논술 Level Up!

● **이해 능력 Level Up!**

1. 『사랑의 학교』는 어느 나라에서 펼쳐지는 이야기인가요?

   1) 그리스   2) 영국   3) 세르비아   4) 미국   5) 이탈리아

2. 다음 글을 읽고 남자아이가 밑줄 친 것처럼 행동한 이유는 무엇
   인지 골라 보세요.

   > 학교에서 돌아오는데, 열 살쯤 된 남자아이가 울고 있었다.
   > 그 애는 굴뚝 청소하는 아이인 듯, 그을음이 든 큰 자루와 철사를 둘
   > 둘 만 그을음 터는 솔을 들고 있었다. 그때 교문에서 나온 여학생 두셋
   > 이 그 아이에게 물었다.
   > "너 왜 우니?"

   1) 어떤 아이가 때려서   2) 깡패한테 돈을 빼앗겨서
   3) 어머니에게 혼나서   4) 선생님에게 꾸중을 들어서
   5) 굴뚝 청소해서 번 돈을 잃어버려서

3. 아이들의 성격이나 특징을 설명한 것 중 틀린 것을 골라 보세요.

1) 데로시 : 우등생이며 칭찬을 많이 받는다.
2) 프란티 : 말썽꾸러기로 약한 학생을 괴롭힌다.

3) 넬리 : 한쪽 팔을 못 쓰지만, 상냥하고 남을 잘 돕는다.

4) 가르로네 : 힘이 세고, 약한 학생을 잘 도와준다.

5) 프레코시 : 아버지에게 학대를 받지만, 아버지를 사랑한다.

4. 가로피는 눈싸움을 하다 실수로 어떤 할아버지의 눈을 다치게 했습니다. 할아버지께 사과를 하고 난 뒤에 가로피는 자신의 소중한 물건을 할아버지께 선물했습니다. 무엇인가요?

　　1) 거울　　2) 장갑　　3) 우표 수집장　　4) 빗　　5) 손수건

5. '78호 죄수의 기념품'이라고 표시된 물건을 고르세요.

　　1) 연필꽂이　　2) 가죽신　　3) 잉크병　　4) 가죽장갑　　5) 성경

6. 다음 글을 읽고 어떤 곳을 설명하고 있는지 (　　　) 안에 들어갈 말을 고르세요.

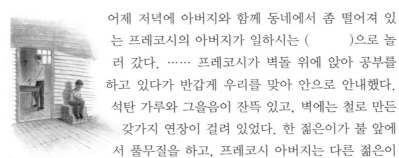

어제 저녁에 아버지와 함께 동네에서 좀 떨어져 있는 프레코시의 아버지가 일하시는 (　　　)으로 놀러 갔다. …… 프레코시가 벽돌 위에 앉아 공부를 하고 있다가 반갑게 우리를 맞아 안으로 안내했다. 석탄 가루와 그을음이 잔뜩 있고, 벽에는 철로 만든 갖가지 연장이 걸려 있었다. 한 젊은이가 불 앞에서 풀무질을 하고, 프레코시 아버지는 다른 젊은이와 함께 빨갛게 단 쇠막대기를 두들기고 있었다.

　　1) 푸줏간　　2) 벽돌 공장　　3) 야채 가게　　4) 잡화점　　5) 대장간

7. 베티네 집에서 파는 것은 무엇인가요?

   1) 숯   2) 오렌지   3) 화약   4) 사과   5) 돼지고기

8. 선생님이 들려주신 「효도하는 피렌체의 소년」에서 주인공인 줄리
   오는 초등학교 4학년입니다. 철도국에서 근무하는 줄리오의 아
   버지는 생활 형편이 어렵자 부업으로 밤늦게까지 출판사에서 봉
   투를 가져다 이름 쓰는 일을 했습니다. 봉투 5백 장에다 이름을
   쓰면 얼마를 받는다고 했는가요?

   1) 1리라   2) 2리라   3) 3리라   4) 4리라   5) 5리라

9. 아버지는 옛날 초등학교 때 선생님에 관한 기사를 읽고 엔리코와
   함께 그 선생님을 찾아가 뵈었습니다. 그 선생님은 엔리코의 아
   버지를 만나자, 엔리코의 할아버지를 기억해 내셨습니다. 엔리코
   의 할아버지는 무슨 일을 하셨던 분인가요?

   1) 교사   2) 기술자   3) 대장장이   4) 군인   5) 철도국장

10. 다음은 엔리코 아버지의 선생님이 한 행동입니다. 다음 글 가운
    데 밑줄 친 것은 무엇인지 골라 보세요.

    선생님은 조그마한 책상의 긴 서랍을 열고 많은
    종이 뭉치 가운데 하나를 집어 뒤적이더니, 노랗
    게 찌든 종이 한 장을 아버지에게 내미셨다.

1) 40년 전 아버지가 본 역사 시험지

2) 40년 전 아버지가 그린 그림

3) 40년 전 아버지가 쓴 편지

4) 40년 전 아버지가 한 숙제

5) 40년 전 아버지가 쓴 반성문

11. 엔리코의 담임 선생님은 아파서 한동안 학교에 나오지 못하셨습니다. 선생님은 왜 병이 나셨나요?

1) 남몰래 짝사랑하는 애인이 생겨서

2) 교장 선생님과 아이들 문제로 의논을 하다가, 교장 선생님이 너무 아이들 편만 든다고 야단을 치셔서

3) 평소에 먹기 힘든 칠면조 요리를 선물받고, 급히 먹느라 체하셨기 때문에

4) 체육 시간에 잘못하여 다리가 부러졌기 때문에

5) 하루에 5시간 수업을 하고, 밤에도 야학을 2시간 가르치시느라 과로한데다 식사마저 제대로 못 해서

12. 다음은 어느 날 학교가 끝난 다음 생긴 일입니다. 엔리코의 어머니가 다음과 같이 행동한 이유는 무엇일까요?

> 나는 어머니가 마중 나온 것을 보고 뛰어가 안기려고 했으나 어머니는 나를 뿌리치고 가르로네를 보셨다.

1) 엔리코가 어머니를 화나게 했기 때문에

2) 아이들이 쳐다보고 있어서

3) 어머니를 잃은 가르로네가 슬퍼할까 봐

4) 몸이 너무 아파서

5) 엔리코가 선생님께 혼날까 봐

13. 엔리코의 아버지는 2년 전에 로비노 씨의 직업 정신을 보고 깊은 감명을 받은 적이 있습니다. 아래의 글은 엔리코를 로비노 씨에게 인사시킨 뒤에, 아버지가 엔리코에게 하신 말씀입니다. 아버지가 이토록 훌륭하게 평가한 로비노 씨의 직업은 무엇인가요?

> "엔리코, 잘 기억해 두어라. 앞으로 너는 많은 사람들과 악수를 하겠지만, 로비노 씨의 손과 같이 훌륭한 손과 악수할 기회란 그리 흔치 않을 게다."

1) 경찰   2) 군인   3) 소방관
4) 교사   5) 운동 선수

14. 마차에 치일 뻔한 1학년 학생을 구하고, 자신이 대신 다리를 다친, 희생 정신이 강한 학생의 이름은 무엇인가요?

1) 프레코시   2) 로베티   3) 프란티   4) 코레티   5) 보티니

15. 대장간에서 못 쓰는 철 조각을 가져다 고물상에 팔기도 하고, 더운 여름날엔 부채를 만들어 팔기도 하는 친구의 이름은 무엇인가요?

1) 베티   2) 로베티   3) 가로피   4) 코레티   5) 보티니

● 논리 능력 Level Up!

1. 이 책의 원래 제목은 무엇이며, 그 뜻은 무엇일까요?

2. 다음 글을 읽고 엔리코의 4학년 때 담임 선생님의 성격은 어떤지
   써 보세요.

● 선생님은 잠시 아무 말도 없더니 그 아이의
  머리에 가만히 손을 얹고 말씀하셨다.
  "또 그러면 안 된다."
● 여러분만이 선생님의 위로가 됩니다. 선생
  님은 여러분들이 마음씨 착한 아이들이라고
  믿어요. 그리고 품행을 단정히 해 줘요."

3. 프레코시의 아버지가 사람들로부터 평판이 좋지 않은 까닭은 무
   엇 때문인가?

4. 이탈리아군과 오스트리아군 사이에 벌어진 전투 이야기에서, 본
   대에 구원 요청 편지를 전달한, 열네 살된 소년의 원래 임무는
   무엇인가요?

5. 꼬마 미장이가 병이 나자 엔리코의 반 친구들은 문병을 갔습니다. 그러나 노비스와 보티니는 문병 가기를 거부했는데, 그 이유는 무엇인가요?

6. 다음 글을 읽고 넬리의 어머니가 아들에게 기계 체조를 시키지 말라고 한 이유는 무엇인지 (   ) 안에 들어갈 말을 써 넣어 보세요.

넬리 어머니는 기계 체조가 넬리에게
(   ) 시키지 말아 달라고
교장 선생님께 부탁했다고 한다.

7. 이탈리아의 국기는 세 가지 색으로 이루어진 삼색기입니다. 무슨 색으로 이루어져 있으며, 각 색깔의 의미가 무엇인지 알아보세요.

● 논술 능력 Level Up!

1. 다음은 칼라브리아에서 한 아이가 전학 오자 선생님께서 반 아이들에게 한 말입니다. 이 글을 읽고 전학을 하면 어떤 어려움이 있을지 정리해 보고, 전학 온 아이에게 어떻게 대해 주면 좋을지 써 보세요.

> 만일에 토리노의 아이가 아니고 칼라브리아의 아이라 해서, 혹은 딴 동네에서 온 아이라 해서 짓궂게 구는 학생이 있다면 그 학생은 이탈리아 삼색기 앞에서 부끄러움을 느껴야 합니다.

2. 장학관으로부터 일등상 메달은 우등생인 데로시가, 이등상 메달은 프레코시가 받았습니다. 모두들 프레코시의 메달 수상을 뜻밖으로 여기면서도 프레코시가 메달을 받을 만한 자격이 있다고 생각했습니다. 여러분은 이에 대해 어떻게 생각하는지 써 보세요.

3. 크로시의 아버지는 어떤 사람인가요? 빅토르 위고의 장편 소설
   『레 미제라블』의 주인공인 장발장과 연관시켜 정리해 보세요.

 검은 수염이 난 젊은 목수였는데, 자기를
구박하던 목공소 주인에게 화가 나 대패를 던
졌는데, 그만 그것이 주인의 머리에 맞아 중
상을 입혀서 감옥에 들어왔던 사람이었습니
다. 악인이라기보다는 운이 나빴던 거지요.

4. 장애를 가진 넬리에게 편지를 써 보세요. 넬리의 장점이 무엇인
   지를 부각시키고, 나의 생활을 반성하는 입장에서 편지를 쓰도록
   합시다.

_____

_____

5. 다음은 선생님께서 들려주신 이야기 속에 나오는 마리오가 한 행
   동입니다. 이 글을 읽고 마리오의 행동에 대해 어떻게 생각하는
   지 써 보세요.

      그것을 보고 줄리에타도 비스킷을 꺼내 둘이
   서 나누어 먹었다. 그들은 과자를 먹으며 서로
   자기의 사정 이야기를 했다.
      마리오는 아버지가 노동자였는데 얼마 전에
   돌아가셔서 이제 가까운 가족이라고는 아무도 없는 고아였다. 그래서
   팔레르모에 있는 먼 친척집을 찾아가는 길이었다.

_____

_____

_____

_____

풀이

이해 능력 Level Up!

1. 5)	2. 5)	3. 3)	4. 3)	5. 1)
6. 5)	7. 1)	8. 3)	9. 2)	10. 4)
11. 5)	12. 3)	13. 3)	14. 2)	15. 3)

논리 능력 Level Up!

1. 원래 제목은『쿠오레』이고, 그 뜻은 '심장, 사랑, 마음'이다.

2. 무뚝뚝하지만 학생들을 무척 사랑하는 인자한 분이다.

3. 술을 너무 좋아하고 술에 취하기만 하면 프레코시의 책과 공책을 망가뜨리는 등 행패를 부리기 때문이다.

4. 고수(북 치는 사람), 즉 전쟁터에서 공격이나 후퇴 등의 신호를 알리는 북을 치는 역할을 맡았다.

5. 미장이집에 가면 옷을 버린다며 문병 가기를 꺼렸다.

6. 힘겹고 또 남의 웃음거리가 되니

7. 초록 · 하양 · 빨강이며, 각각 자유 · 평등 · 우애를 뜻한다.

논술 능력 Level Up!

1. 예시 : 전학을 하게 되면, 이전에 친했던 친구들이나 선생님과 이별하는 아픔을 느끼게 된다. 또 새로운 학교생활에 적응해야 하는 부담을 갖게 된다. 전에 다니던 학교와 교과 진도가 맞지 않을 때

는 공부가 어려울 수도 있다. 그렇기 때문에 새로 전학 온 아이에게는 좀 더 친절을 베풀 필요가 있다. 반갑게 환영 인사를 해 주고, 학급일이나 준비물 등 그 아이가 모르는 부분이 있으면 친절하게 안내해 주고, 친구들과 함께 하는 놀이에도 끼워 준다. 그렇게 하면 전학 온 아이는 새로운 학교, 새 친구들과 금방 친해질 수 있을 것이다.

2. 예시 : 프레코시는 메달을 받을 만한 자격이 있다. 모두들 같은 조건에서 공부했다면 성적순으로 메달을 받는 게 옳겠지만, 프레코시는 너무나 열악한 환경에서 공부를 하였다. 프레코시의 아버지는 술주정이 심해 프레코시의 책과 공책을 망가뜨리기 일쑤였고, 문법책 같은 기본적인 책도 사 주지 않았다. 게다가 공부를 못 하게 방해해 프레코시는 계단 같은 곳에서 쭈그리고 앉아 몰래 공부해야 했다. "나는 프레코시가 마음놓고 공부할 수 있다면 반에서 제일 성적이 좋을 것이라고 생각한다."는 주인공 엔리코의 말처럼, 프레코시는 최악의 환경에서 최선의 성적을 냈다. 또 누구에게나 존경받는 착한 마음씨를 가졌으므로, 프레코시는 메달을 받을 자격이 충분하다.

3. 예시 : 크로시의 아버지는 목수인데, 실수로 목공소 주인을 다치게 해서 감옥에 갔다. 장발장은 너무나 배가 고파 빵 한 조각을 훔친 죄로 감옥에 갔다. 이 둘은 고의로 나쁜 죄를 지었다기보다는 자기도 모르게 죄를 지었다는 공통점이 있다. 또 어떤 한 사람의 영향으로 자신의 잘못을 뉘우치고 열린 마음을 갖게 되었다. 크로시의 아버지는 교도소에서 글을 가르쳐 주신 선생님을 통해, 장발장은 은그릇을 훔친 자신을 용서해 준 주교의 사랑을 통해서

였다. 둘은 감옥에서 나온 이후 새로운 삶을 산다. 크로시의 아버지는 다정다감하면서도 책임감 있는 아버지의 모습으로 살아가고, 장발장은 모순된 사회를 개혁하는 밑거름으로서 살아간다.

4. 예시 : 넬리야, 『사랑의 학교』를 보면서 너 때문에 가슴이 찡했어. 얼마나 몸이 약했으면 너의 어머니가 매일 하교 시간에 맞춰 너를 데리러 학교로 오셨겠니? 그렇지만 너는 참 씩씩했지. 학교도 열심히 다녔고, 체육 시간에는 어려운 나무 기둥 타기까지 해 냈어. 너의 어머니가 교장 선생님께 기계 체조에서 빼 달라고 특별히 부탁까지 하셨는데 말이야. 난 조금만 아파도 핑계대고 학교에 가지 않으려고 했는데, 좀 부끄럽다. 너에 비해 내가 얼마나 많은 축복을 받았는지 생각하며 나 자신을 많이 반성했어. 이제부터는 너의 멋진 친구 가르로네처럼 약한 사람을 도와주는 사람이 되기 위해 노력할 거야.

   넬리야, 나도 너를 응원할 테니, 너도 나를 응원해 줘! 알았지?

5. 예시 : 자신의 목숨도 위험한 상황에서 다른 사람을 생각한 마리오의 행동은 누구나 할 수 없는 행동인 것 같다. 게다가 나이도 어린데 그런 생각을 하다니, 정말 영웅이라고 해도 될 만큼 훌륭한 아이라고 생각한다.

초등학생이 꼭 읽어야 할 세계 명작 시리즈